헤세의 단편들 2

대리석 공장

헤세의 단편들 2
대리석 공장

초판 1쇄 2024년 06월 10일 | 지은이 헤르만 헤세 | 옮긴이 임호일 | 펴낸이 황미숙 | 편집 책임 황연정 | 편집 디자인 진보배 | 발행처 산나북스 | 이메일 sannabooks@naver.com | 출판 등록 제2023-000005호 | ISBN 979-11-987161-1-8 (03850) | 값 13,000원 | 잘못된 책은 바꾸어 드립니다.

헤세의 단편들 2

대리석 공장

헤르만 헤세 지음

임호일 옮김

차례

유년 시절　7

대리석 공장　37

가을 도보 여행　79

늙은 태양 아래서　123

작품 해설　185

유년 시절

갈색을 띠던 먼 숲이 며칠 전부터 파릇파릇 청아하고 밝은 빛을 발하기 시작한다. 점토 골목길 가장자리에 앵초꽃이 오늘 처음으로 꽃잎을 반쯤 연다. 습기 먹은 쾌청한 하늘에는 엷게 깔린 사월의 구름이 꿈을 꾸고 있다. 채 쟁기질이 안 된 넓은 논밭이 갈색으로 반짝이며, 무언가를 갈구하듯 포근한 대기를 향해 가슴을 열어젖히고 있다. 무언가를 잉태하여 싹 틔우고 싶어 하는 모습이다. 갖가지 초록 싹과 위로 치솟는 풀잎을 통해 자신의 보이지 않는 힘을 시험해 보고, 느껴 보고, 선사해 보고 싶은 모양이다. 온 누리가 기다리고 준비하며 꿈을 꾸고 있다. 온 세계가 무엇이 되기 위한 욕망에 사로잡혀 섬세하고 우아하게 내달리며 싹을 틔운다. 싹은 태양을 향해, 구름은 논밭을 향해, 이제 막 돋아난 풀은 대기를 향해 내달는다. 해마다 나는 이맘때쯤이면 동경에 차서 가슴 졸이며 부활의 기적이 일어날 어떤 특별한 순간이, 틀림없이 나에게 올 거라는 기대에 부푼다. 언젠가는 에너지와 아름다움이 시현되는 광경을 한 시간가량 전부 목격하게 되리라는 기대에 부푼다. 그리고 대지에서 생명이 웃으며 솟아올라 광명을 향해 생기 있는 커다란 눈을 활짝 여는 광경을 포착하고 체험하게 되리라는 기대에 부푼다. 해마다 기적은 사랑받고 존경받으며 — 하지만 이해되지 못한 채 소리를 울리고 향기를 풍기며 내 옆을 지나간다. 기적은 이렇게 와 있다. 그런데 나는 실상 이 기적이 오는 것을 보지 못했다. 새로 싹을 틔운 연약한 생명이 햇살을 받고 전율하는 모습을 보지 못했다. 꽃들은 갑자기 온 누리에 만발했다. 나무들은 어느새 엷은 나뭇잎이나 거품 같은 하얀 꽃잎을 달며 반짝이고 있다. 새들은 환호성을 지르고 멋진 포물선을 그리며 포근한 창공을 향해 비상한다. 내가 보았건 보지 못했건 기적은 지금 충만해 있다. 숲이 부풀어 오르고 멀리서 산봉우리가 나를 부른다. 바야흐로 장화와 가방, 낚싯대와 노를 챙겨 들고 온몸으로 새봄을 즐길 때가 되었다. 새봄은 해마다 더욱 아름다워지고 해마다 더욱 빨리 질주하는 것 같다. 그 옛날 내가 유년이었을 적엔 봄이 얼마나 길었던가! 그땐 정말 봄이 끝없이 길었다.

   시간이 허락하고 마음이 평안하기만 하다면 축축한 풀잎에 오래도록 누워 있어 보기도 하고, 근처 튼실한 나무에 기어올라 나뭇가지에 의지해 몸을 흔들어 보고, 꽃봉오리와 신선한 수지 향을 맡고 싶기도 하다. 그리고 내 위쪽에 얽히고설킨 나뭇가지 그물과 녹색 나뭇잎, 파란 하늘을 바라보고, 또 나그네 신분으로 조용히 꿈에 젖어 행복했던 내 소년 시절의 정원 속으로 들어가 보고 싶다. 다시 한번 그 시절 어린 소년으로 돌아가 맑은 아침 공기를 마시고 싶고, 한순간이나마 창조주가 갓 빚어낸 세계를, 우리 모두가 어린 시절에 보았던 그 세계를 보고 싶다. 그곳, 그 시절 우리의 마음속에는 에너지와 아름다움의 기적이 만개했었다. 이런 낙원에 다시 발을 들여놓을 수 있다면 얼마나 좋을까마는, 그것이 그리 쉽사리 이루어질 수 있는 일이 아니지 않는가!

   그 시절 나무들은 환희에 젖어 의연하게 창공을 향했고, 정원에는 수선화와 히아신스가 눈이 부시도록 아름답게 봉오리를 열었다. 그 시절엔 우리가 잘 알지 못하던 사람들조차 부드럽고 친절하게 우리를 대해 주었다. 그들은 우리의 매끈한 이마에 아직 신의 입김이 서려 있다고 느꼈기 때문이다. 그 당시 이 신의 입김에 대해 우리는 아무것도 아는 바가 없었다. 신의 입김은 우리가 성장하는 사이에 우리의 의지와는 무관하게 어느샌가 사라지고 말았다. 나는 얼마나 거친 개구쟁이였던가! 어린 시절부터 아버지의 속을 얼마나 많이 썩였던가! 어머니는 나 때문에 얼마나 많이 노심초사하고 얼마나 많은 한숨을 쉬셨던가! — 하지만 내 이마에는 신의 광채가 서려 있었다. 내 눈에 비친 것은 모두 아름답고 생동감이 넘쳐흘렀다. 경건함이 전혀 깃들어 있지 않았는데도, 내 생각과 내 꿈속에는 천사와 기적과 동화가 한데 어우러져 들락거리고 있었다.

내 유년 시절에 대한 기억은 갓 갈아엎은 논밭 냄새와 파릇파릇 싹을 틔우는 숲과 연결되어 있다. 이 기억은 봄이 되면 매번 나를 찾아와, 반쯤은 잊어버려 윤곽이 잘 잡히지 않는 그 시절을 한동안 떠올리게 한다. 지금 이 시간에도 나는 그 시절을 상기하고 있다. 그래서 그 시절에 관한 이야기를 기억나는 데까지 한번 풀어 놓을 작정이다.

이미 침실 창의 덧문은 모두 닫혀 있었다. 나는 어둠 속에서 반수면 상태로 잠자리에 누워, 옆자리에서 자고 있는 동생의 구칙적이고 세찬 숨소리를 듣고 있었다. 그런데 놀라운 일은, 눈을 감고 있었는데도 칠흑 같은 어둠 대신 갖가지 색깔이 눈앞에 아른거리고 있었다는 것이다. 보랏빛과 불그스름한 빛을 띤 원들이 끊임없이 파문을 일으키다 어둠 속으로 사라지는가 하면, 또 안으로부터 새롭게 샘솟듯이 계속해서 원들이 나타났다. 이 원들은 모두가 황금빛 엷은 띠를 두르고 있었다. 나는 산에서 불어오는 바람 소리도 들었다. 바람은 온순하고 느슨하게 불어와 커다란 포플러나무를 부드럽게 어루만지다가도, 때론 신음하는 지붕을 매섭게 때리기도 했다. 밤이 되면 아이들을 밖에 나가지 못하게 하고 잠을 자게 한다거나, 최소한 창밖을 내다보는 것조차 허용하지 않는 어른들이 매번 유감스러웠다. 그래서 나는 어머니가 덧문 닫는 것을 잊어버리는 밤이 오기를 고대했다.

어느 날 나는 한밤중에 잠이 깼다. 살며시 침대에서 일어나 가슴을 졸이며 창가로 갔다. 그런데 창밖은 신기하게도 환했다. 내가 생각했던 것과 달리 어둡지도 않고 칠흑같이 깜깜하지도 않았다. 사방이 음산하고 희끄무레하며 슬퍼 보였다. 커다란 구름이 온 하늘에 퍼져 신음하고 있었고, 검푸른 산들은 두려움에 가득 차서, 다가오는 불행을 떨쳐 버리려고 몸부림치는 것처럼 보였다. 잠든 포플러나무들은 죽은 것처럼, 핏기 잃은 유령처럼 생기가 없었다. 하지만 뜰에는 여느 때나 다름없이 벤치와 직사각형의 분수 그리고 어린 마로니에 나무가 그대로 있었는데, 이것들도 조금은 지치고 울적해 보였다. 이렇게 창가에 앉아 희뿌옇게 변한 세상을 바라본 시간이 얼마나 되었는지 나도 알 수가 없었다. 그때 멀지 않은 곳에서 어떤 짐승 한 마리가 겁에 질려 우는 소리가 들려왔다. 개 같기도 하고 양 아니면 송아지인 것 같기도 했다. 한밤중에 깨서 두려움을 느낀 것 같았다. 그 순간 나도 불현듯 무서운 생각이 들어 얼른 잠자리로 도망쳤다. 침대에 누워 울어야 할지 말지 어쩔 줄 몰라 하다가 그대로 잠이 들었다.

덧문이 닫힌 창밖의 세계, 나를 기다리는 창밖의 세계가 온통 수수께끼처럼 느껴졌다. 다시 한번 창밖을 내다보았다면 그곳은 아름답기도 하고 무섭기도 했을 것이다. 나는 음울한 나무들과 지쳐서 어른거리는 불빛을, 말없는 정원을, 구름과 함께 날아가는 산들을, 하늘에 걸린 희미한 띠를 그리고 잿빛 먼 곳으로 가물거리며 뻗어 나가는 시골길을 다시 떠올려 보았다. 그러자 커다란 검정 외투로 몸을 감싼 어떤 도둑이, 아니 살인범이 몰래 숨어들어 오는 것 같기도 하고, 길을 잃은 어떤 사람이 밤의 공포와 짐승들에게 쫓기며 이리저리 도망 다니고 있는 것 같기도 했다. 그 사람은 어쩌면 내 나이 또래의 소년일지도 모르겠다. 길을 잃거나, 아니면 집을 나왔거나, 약탈을 당했거나, 아니면 부모가 없는 소년일지도 모르겠다. 설혹 그 소년이 용감하다 해도 가까이 있던 도깨비가 그 애를 죽일 수도 있고, 늑대가 그 애를 잡아갈 수도 있을 것이다. 어쩌면 강도들이 그 아이를 납치해서 숲속으로 데리고 갔을지도 모르겠다. 그래서 그 아이 자신이 강도가 되어 칼이나 이연발 권총을 차고, 커다란 중절모와 긴 승마용 장화를 신고 있을 수도 있을 것이다.

 여기서부터 한 걸음만 더 나가면 주책없는 헛소리로 들리겠지만, 아무튼 나는 꿈나라에 들어가 있었다. 꿈속에서 나는 지금 기억하고 생각하고 상상하는 것 모두를 두 눈으로 볼 수 있었으며, 두 손으로 만질 수 있었다.

 하지만 나는 잠든 것이 아니었다. 왜냐하면 이때 부모님의 침실로부터 나온 불그스름하고 가는 불빛이 우리 방문 열쇠 구멍을 통해 내가 있는 쪽으로 새어 들어와 캄캄하던 방 안을 희미하게 밝히나 했더니, 돌연 반들거리는 옷장 문에다 황색의 모난 반점을 흐릿하게 그리고 있는 상황에 직면했기 때문이다. 아버지가 방금 침실에 드신 것을 나는 알았다. 아버지가 양말을 신은 채 조용히 걸어가시는 소리가 들리더니, 이어서 차분하게 가라앉은 음성으로 어머니와 몇 마디 얘기를 나누고 계셨다. 아버지의 말소리가 들렸다.

 "애들은 잠들었소?"

"그럼요, 잠든 지 벌써 오래됐어요."

어머니가 대답했다. 이 말을 들으면서 나는 아직 잠들지 않은 내가 죄스러웠다. 그러고 나서 잠시 침묵이 흘렀지만 불은 여전히 켜져 있었다. 이 시간이 나에게는 긴 시간이었기에 졸음이 이미 눈꺼풀로 올라와 있었다. 그때 어머니가 다시 말을 꺼냈다.

"브로지 건강이 어떤지 물어봤어요?"

"내가 직접 찾아가 보았소. 아까 저녁에 그곳에 갔었는데, 마음이 아프더라고."

"상태가 그렇게 나쁜가요?"

"매우 좋지 않아요. 봄이 가기 전에 죽게 될 것 같아. 얼굴엔 벌써 죽음의 그림자가 드리워져 있어요."

"어떻게 생각하세요? 우리 애를 한번 보내 볼까요? 그러면 혹시 병세가 호전될지도 모르잖아요."

어머니가 아버지에게 물었다.

"당신 마음대로 해요. 하지만 그럴 필요 없어요. 어린애가 뭘 알겠소."

"하긴 그래요. 편히 주무세요."

"그래요, 잘 자요."

불이 꺼지고 미풍의 미동도 잠잠해졌다. 방바닥과 옷장 문도 다시 어두워졌다. 이제 눈만 감으면 다시 금빛 테두리를 두른 보랏빛 붉은 원들이 파문처럼 번져 가는 것을 볼 수 있을 것이다.

하지만 부모님이 잠들고 사방이 고요해지는데 갑자기 내 심장이 활발하게 움직이며 밤을 향해 달음질치기 시작했다. 어렴풋이 알아들은 두 분의 대화가 과일이 연못에 떨어지듯 내 심장에 떨어졌다. 이 파문은 삽시간에 커져

고동치는 내 심장을 넘쳐흘러 호기심의 세계로 스며들었다. 온몸에 불안과 전율이 일었다.

　부모님이 얘기하던 브로지는 내 기억의 시야에서 거의 사라진 아이였다. 그 아이에 대한 기억이 아직 남아 있다면 그것은 희미하고 빛이 거의 다 바랜 기억이었다. 이름조차 기억나지 않던 그 아이가 이제 서서히 내 기억 속으로 머리를 들이밀고 들어와 생생한 모습을 보여 주고 있었다. 처음에는 그 이름을 예전에 종종 들은 적이 있다는 것만 생각났으나 다음 순간, 어느 가을날 어떤 사람이 나에게 사과를 선물로 주었던 것이 떠올랐다. 그 사람이 브로지의 아버지였다는 것도 기억나면서 문득 모두가 생생하게 떠올랐다.
　그러니까 내 눈앞에 예쁘장한 소년이 떠오른 것이다. 나이는 나보다 한 살 위였지만 나보다 크지는 않았던 아이, 그 이름이 브로지였다. 내가 그 아이를 기억하는 그 시점에서 아마도 일 년쯤 더 거슬러 올라간 어느 날에 그 아이의 아버지가 우리의 이웃으로 이사를 왔고, 그 아이는 나와 친구가 되었던 것 같다. 하지만 내 기억이 거기까지는 미치지 못했다. 이제 다시 나는 그 아이를 또렷하게 기억해 냈다. 그 아이는 푸른색 털실로 짠 모자를 쓰고 다녔는데, 모자에는 우스꽝스러운 뿔이 두 개 달려 있었다. 그 아이는 항상 가방에 사과나 슬라이스 빵을 넣고 다녔다. 그 아이는 심심해지면 항상 기발한 생각을 떠올리고 놀이나 내기를 하자고 했다. 그 아이는 평일에도 정장 차림을 하고 있었는데, 나는 그게 무척이나 부러웠다. 나는 브로지가 힘이 없는 아이인 줄 알았는데, 언젠가 동네의 골목대장이 그 아이의 모자에 달린 뿔을 놀려 대자 그 녀석이 불쌍할 정도로 흠씬 패 주는 것을 보고 한동안 브로지가 무섭기도 했다. (이 모자는 그 애 어머니가 손수 떠 준 것이다.) 그 애에게는 길든 까마귀 한 마리가 있었는데, 가을에 모이로 준 감자를 너무 많이 먹어 죽고 말았다. 우리는 그 까마귀를 땅에 묻어 주었다. 관은 조그만 상자였는데, 너무 작아서 아무리 애를 써도 뚜껑이 잘 닫히지 않았다. 나는 목사처럼 추도사를 낭독했다. 그러자 브로지가 울기 시작했고, 이 광경을 본 내 동생이 그만 킬킬대고 말았다. 브로지가 내 동생을 때렸고, 나는 브로지를 때렸다. 내 동생은 울음을 터뜨렸고, 그래서 브로지와 우리는 따로따로 집으로 왔다. 나중에 브로지 어머니가 우리 집으로 건너와 브로지가 미안해 한다고 말하면서, 내일 오후에 자기 집에 오면 커피와 케이크를 주겠다고 했다. 나에게 줄 케이크는 벌써 오븐에 들어갔다는 말도 했다. 커피를 마시면서 브로지가 우리에게 이야기를 하나 들려주었다. 그런데 그 이야기는 중간쯤 가다가 매번 처음부터 다시 시작되었다. 그 이야기의 내용이 전혀 기억나지 않았는데도, 나는 그때만 생각하면 웃지 않을 수 없었다.

 이 기억은 시작에 불과했다. 이 기억과 동시에 수많은 일들이 떠올랐다. 브로지가 내 친구로 함께 지내던 여름과 가을에 경험한 일들로, 그와 만나지 못하면서부터 곧 내 기억에서 모두 사라졌었다. 그런데 그 기억들이 겨울에 낟알을 던지면 우르르 한꺼번에 몰려드는 새 떼처럼, 구름 떼처럼 사방에서 밀려왔다. 화창한 가을의 그날이 선명하게 떠올랐다. 그날 다하텔바우어 씨의 황조롱이가 헛간에서 달아났다. 그 새는 잘려 나갔던 날개가 다시 자라나자, 다리에 묶였던 놋쇠 고리를 끊고 어둡고 좁은 헛간을 떠났다. 새는 집 맞은편에 있는 사과나무에 조용히 앉아 있었다. 십여 명의 사람이 거리에 서서 그 새를 올려다보며 이야기를 나누며 이런저런 제안을 하고 있었다. 나와 브로지 같은 어린애들에게는 그런 광경이 무척이나 가슴 두근거리는 일이었다. 우리는 다른 사람들과 함께 그곳에 서서 그 새를 올려다보고 있었고, 한편 그 새는 조용히 나무에 앉아 날카롭고 매서운 눈으로 우리를 내려다보고 있었다.

"저놈은 이제 다시 안 올 거야."

어떤 사람이 외쳤다.

하지만 하인 고트로프가 말했다.

"저놈이 날 수만 있다면 벌써 산 넘어 계곡으로 날아갔을 걸요."

매는 발톱을 나뭇가지에서 떼지 않은 채 커다란 날개를 여러 차례 퍼덕거리며 날기를 시도했다. 우리는 무척이나 흥분했다. 사람들이 그 새를 잡는 게 좋을지, 아니면 그 새가 날아가는 것이 좋을지, 어느 쪽이 나에게 더 기쁜 일이 될지 도무지 알 수가 없었다. 고트로프가 사다리를 가져오고, 다하텔바우어 씨가 직접 나무 위로 기어올라 매를 잡으려고 팔을 뻗었다. 그 순간 매는 힘차게 날개를 펄럭거리기 시작했다. 그 광경을 지켜본 우리 어린애들은 어찌나 가슴이 벅찬지 숨이 막힐 지경이었다. 우리는 우아하게 날갯짓하는 그 새에 도취해 눈을 뗄 수 없었다. 다음 순간 장관이 눈앞에 펼쳐졌다. 매는 두세 번 크게 날개를 휘저으면서 자신이 얼마나 날아갈 수 있는지 가늠해 보고, 천천히 그리고 유유히 커다란 원을 그리며 높이높이 공중으로 날아올라 종달새 크기만 해지더니 반짝거리는 창공으로 조용히 사라져 갔다. 우리는 사람들이 모두 떠난 뒤에도 한참 그 자리에 서서 고개를 위로 향한 채 온 하늘을 뒤졌다. 그때 브로지가 갑자기 하늘을 향해 목청껏 환호성을 내질렀다.

"날아라, 날아! 이제 넌 다시 자유의 몸이야."

이웃 우마차 창고도 생각났다. 비가 세차게 쏟아질 때면 우리는 어둠침침

한 창고 속에 둘이 함께 웅크리고 앉아 소나기가 지붕을 때리며 미쳐 날뛰는 소리를 듣기도 하고, 폭우로 마당에 실개천과 강, 호수가 생기는가 하면, 빗물이 넘쳐 범람하고 서로 뒤엉키며 변화무쌍한 광경을 연출하는 것을 지켜보기도 했다. 언젠가 우리가 그렇게 쪼그리고 앉아 빗소리에 귀를 기울이고 있는데, 문득 브로지가 입을 열었다.

"야, 지금 홍수가 밀려오는 중이야. 이제 우리 어떻게 하지? 마을이 벌써 다 물에 잠겼어. 빗물이 이미 숲까지 차올라 가고 있어."

우리는 온갖 상상을 하며 마당 여기저기를 두리번거렸다. 퍼붓는 빗소리에 귀를 기울이며, 우리는 그 빗소리에 실려 온 먼 바다의 파랑과 조류 소리를 들었다. 각목 너덧 개로 뗏목을 만들면 우리 둘이 거기에 넉넉히 탈 수 있을 거라고 내가 말했다.

"그럼 너의 아버지와 어머니 그리고 우리 아버지와 어머니, 고양이와 네 동생은 어떻게 하고? 놔두고 갈 생각이야?"

나는 다급하고 흥분한 나머지 가족을 미처 생각하지 못했다. 나는 변명을 하느라 거짓말을 했다.

"그래, 난 모두 물에 빠져 죽은 줄 알았어."

내 말을 듣더니 브로지는 심각하고 슬픈 표정을 지었다. 그 애는 그 상황을 사실처럼 머릿속에 떠올리고 있었다. 잠시 후 그 애가 말했다.

"이제 우리 다른 놀이 하자."

그 애의 불쌍한 까마귀가 아직 살아서 이리저리 껑충껑충 뛰어다니던 시절, 한번은 그 까마귀를 정원이 딸린 우리 집 뒤채로 가지고 간 적이 있었다. 우리가 까마귀를 횃대 위에 올려놓자 까마귀는 횃대에서 이리저리 옮겨 다녔다. 이 까마귀는 횃대에서 내려올 줄을 몰랐기 떠문이다. 나는 까마귀에게 집게손가락을 내밀며 장난삼아 말했다.

"자, 야콥, 한번 물어 봐!"

그러자 그놈이 내 손가락을 쪼았다. 쪼인 손가락이 크게 아프지는 않았지만 그래도 나는 화가 났다. 그래서 그놈을 한 대 갈겼다. 벌을 주기 위해서였다. 그러자 브로지가 내 몸을 꽉 움켜쥐고는 꼼짝 못 하게 했다. 그새 까마귀는 겁에 질려 횃대에서 내려와 밖으로 달아났다.

"이거 놔! 저놈이 날 물었단 말이야."

나는 화가 나서 소리를 지르며 브로지와 몸싸움을 벌였다.

"네가 직접 쟤한테 '야콥, 물어 봐.'라고 했잖아!"

브로지도 소리를 지르며, 저 새는 전혀 잘못한 게 없다고 설명조로 또박또박 말했다.

"그렇담 할 수 없지."

나는 브로지의 훈계에 화가 치밀었지만 수긍하듯이 대답하고, 속으로는 언제 한번 저놈을 혼내 주리라고 다짐했다.

브로지가 이미 정원을 나가 자기 집 쪽으로 반쯤 걸어가다 말고 나를 부르더니 다시 돌아오고 있었다. 나는 그 애가 오기를 기다렸다. 그 애가 오더니 말했다.

"너 말이야, 야콥한테 아무 짓도 하지 않는다고 분명히 약속해!"

내가 아무 대꾸도 하지 않고 뻣뻣하게 서 있자 그 애가 커다란 사과 두 개를 주겠다고 제안했다. 내가 그 제안을 받아들이자 그 애는 집으로 돌아갔다.

그 뒤 얼마 안 있어 그 애의 집 마당에 있는 사과나무에 첫 야코비 사과들이 무르익었다. 그 애는 약속했던 사과 두 개를 가져왔다. 제일 예쁘고 가장 큰 것으로. 나는 어쩐지 쑥스러운 마음이 들어 사과를 얼른 받을 수가 없었다. 그러자 그 애가 말했다.

"받아. 이 사과는 야콥 때문에 주는 게 아니야. 야콥이 아니라도 그냥 주었을 거야. 네 동생하고 나누어 먹어."

나는 그제야 사과를 받았다.

언젠가 우리는 오후 한나절 목초지를 돌아다니다가 숲속으로 들어간 적이 있었다. 이 숲속의 덤불 아래에 부드러운 이끼가 자라고 있었다. 우리는 피곤해서 그 위에 앉았다. 파리 두세 마리가 버섯 위에서 앵앵거리고 있었고, 온갖 새들이 날아다니고 있었다. 새 중에는 우리가 아는 것도 있었지만 대부분은 모르는 새들이었다. 딱따구리 한 마리가 열심히 나무를 쪼아 대는 소리도 들렸다. 우리는 기분이 너무 좋아서 즐거운 나머지 말하는 것도 잊고 있었다. 다만 둘 중 누군가가 색다른 것을 발견하면 상대방에게 손으로 그쪽을 가리켰다. 활 모양으로 굽은 녹색 공간에는 푸르고 여린 빛이 흐르는 가운데, 숲은 신비로운 갈색 노을 속에서 멀리 사라져 가고 있었다. 저 뒤쪽에서 무언가 움직임이 있나 했더니, 그건 나뭇잎 흔들리는 소리와 새들이 날아가는 소리였다. 그 소리들은 마법의 동화 세계에서 들려오는 듯, 신비에 가득 찬 음색을 띠고 있었다. 그 소리들은 많은 의미를 담고 있는 것 같았다.

뛰어오느라고 꽤나 더웠던지 브로지는 상의를 벗더니 조끼마저 벗고 이끼에 털썩 드러누웠다. 한번은 그 아이가 몸을 뒤척이는 통에 목 언저리의 셔츠가 벌어졌다. 그때 나는 깜짝 놀랐다. 그의 하얀 등 위에 붉은색 상처 자국이 길게 나 있었기 때문이다. 그 순간 나는 그 상처가 어떻게 해서 생긴 것이냐고 묻고 싶었다. 내심 진짜 불행한 사건이 있었을 것이라는 기대에 들떠 있었다. 하지만 그 상처가 어떻게 해서 생겼는지 누가 알겠는가. 갑자기 묻고 싶은 생각이 사라졌다. 그래서 아무것도 못 본 체했다. 나는 그렇게 큰 상처를 입은 브로지가 무척이나 애처롭다는 생각이 들었다. 그 상처는 분명 엄청난 피를 흘렸을 테고, 브로지에게 너무나 큰 고통을 안겨 주었을 것이다. 그 순간 나는 브로지에게 예전보다 더 큰 애정을 느꼈지만 겉으로 드러내 표현하지는 않았다.

우리는 숲에서 시간을 보내다 느지막해서 집으로 갔다. 내 방에 들어온 나는 굵은 라일락나무 기둥으로 만든, 내가 가장 좋아하는 장난감 총을 꺼냈다. 이 총은 하인이 나를 위해 만들어 준 건데, 그걸 가지고 가서 브로지에게 선물했다. 브로지는 내가 장난으로 그러는 줄 알고 총을 받으려 하지 않았다. 심지어 그는 양손으로 뒷짐을 졌다. 나는 하는 수 없이 그걸 그의 주머니에 강제로 넣어 줄 수밖에 없었다.

그 밖에도 이 일 저 일 모두 다시 새록새록 떠올랐다. 개울 반대쪽에 있는 전나무 숲에서 있었던 일도 생각났다. 한번은 내 동무와 그 숲으로 건너갔다. 우리가 좋아하는 노루를 보기 위해서였다. 우리는 넓은 숲속에 들어서서 하늘 높이 치솟은 나무들 사이로 매끈하게 깔린 황토 위를 샅샅이 뒤졌다. 그러나 노루는 한 마리도 발견하지 못했다. 그 대신 땅 위로 드러난 전나무 뿌리 사이에 놓인 바윗덩어리들이 우리 눈에 띄었는데, 이 바위들 위에는 온통 밝은 빛을 띤 이끼가 가늘게 다발을 이루며 마치 초록 반점처럼 조그맣게 돋아 있었다. 내가 조그만 이끼 반점 — 이것은 사람의 손보다 크지 않았다 — 하나를 뜯어내려고 하자 브로지가 황급히 말렸다.

"그거 그냥 놔둬!"

내가 그 이유를 묻자 그가 설명했다.

"그건 천사가 숲속을 지나갈 때 생기는 발자국이야. 천사가 지나가는 곳은 어디든지 바위에 금방 그런 이끼가 자라난다고."

이제 우리는 노루 생각은 잊은 채 혹시라도 천사가 나타나기를 기다렸다. 우리는 꼼짝 않고 망을 봤다. 숲속은 쥐 죽은 듯이 조용했다. 황토 위에는 밝은 햇살이 이글거리고 있었고, 멀리 수직으로 뻗은 나무들은 높고 붉은 기둥처럼 열을 지어 있었다. 거무스름한 나무 우듬지들 뒤쪽 창공에는 새파란 하늘이 펼쳐져 있었다. 이따금 시원한 실바람이 소리 없이 지나갔다. 그러나 주위가 너무 조용하고 고즈넉해서 곧 천사가 진짜로 올지도 모른다는 생각이 들면서 우리는 겁도 나고 심각해지기 시작했다. 잠시 후 우리는 숨을 죽인 채 재빨리 그곳을 떠나 늘비한 바위와 나무들을 지나 숲을 빠져나왔다. 잔디밭과 개울이 있는 곳에 되돌아와서 우리는 다시 한번 한동안 숲 쪽을 건너다본 뒤 집으로 곧장 달려갔다.

그 후 나는 브로지와 또 한 번 다투고 나서 다시 화해했다. 겨울이 올 무렵 브로지가 병이 들었으니 그 애한테 가 보지 않겠느냐고 부모님이 내게 말했다. 나는 한두 번 그 애한테 갔다. 그 애는 침대에 누워 있었는데, 아무 말도 하지 않았다. 나는 그 애가 걱정되면서도 한편으로 말 없는 그 애와 함께 있는 것이 지루했다. 그 애 어머니가 오렌지 반쪽을 가져다주었지만 지루하긴 마찬가지였다. 그 뒤 그 애와의 관계는 끊어졌다. 나는 내 동생이나 뢰너스니켈과 놀았고, 때로는 여자애들과도 놀았다. 그렇게 길고 긴 시간이 흘렀다. 눈이 와서 녹고 또 눈이 왔다. 냇물이 얼고 다시 녹았다. 냇물은 갈색을 띠다가 하얀색으로 변하더니 홍수가 나고, 계곡 위쪽에서 익사한 돼지들과 재목 더미가 강물에 떠내려 왔다. 병아리들이 부화해서 그중 세 마리가 죽었다. 내 동생은 병이 들었다가 다시 건강을 되찾았다. 헛간에서는 타작을 했고, 방 안에서는 실을 자았다. 이제 밭갈이가 시작되었다. 그러나 이 모두가 브로지가 없는 가운데 진행되었다. 이렇게 그 애는 나로부터 점점 멀어져 갔고, 마침내 내 기억에서 사라지고 잊혔다. 그러다 오늘 밤을 맞이한 것이다. 불그스레한 빛이 열쇠 구멍으로 새어 들어오고, 아버지가 어머니에게 '봄이 가기 전에 죽게 될 것 같아'라고 말한 이 밤을 말이다.

여러 가지 혼란스러운 기억과 어수선한 기분이 뒤섞이는 가운데 나는 잠이 들었다. 사라진 놀이 동무에 대한 기억, 간신히 일깨워진 이 기억은 다음 날엔 아마도 분주한 일상으로 다시 기억의 저편으로 사라졌을 것이다. 그리하여 아마도 그렇게 생생한 아름다움과 강렬함 속에서 다시 떠오르지 못했을 것이다. 그런데 아침 식사 자리에서 어머니가 나에게 물었다.

"너와 항상 같이 놀던 브로지 생각나니?"

"생각나요."

내가 큰 소리로 말하자, 어머니는 그 인자한 목소리로 말을 이었다.

"봄이 오면 너희들 둘은 함께 학교에 가게 될 턴데, 그 애가 지금 병이 들어 학교에 못 갈지도 모르겠구나. 너 그 애한테 한번 가 보지 않으련?"

어머니는 아주 진지한 어조로 말했다. 나는 어젯밤에 아버지가 했던 말이 기억났다. 섬뜩한 기분이 들기도 했지만 한편으로 불안하면서도 호기심이 일었다. 아버지 말에 따르면 브로지의 얼굴에 죽음의 그림자가 깃들어 있다고 했다. 그 생각을 하니 말할 수 없이 무섭기도 하고, 한편으로 야릇한 기분이 들기도 했다.

"생각나요."

내가 다시 한번 말하자 어머니는 진지한 어조로 당부했다.

"그 애가 병중인 거 잊지 말아! 이제 넌 그 애하고 놀 수 없단다. 그러니까 그 애 앞에서 떠들거나 소란을 피워서는 안 돼."

나는 어머니와 단단히 약속했다. 그리고 그 애에게 가기도 전부터 벌써 조용하고 조신해지려고 무척 애를 썼다. 이튿날 아침에 나는 그 아이의 집으로 건너갔다. 서늘한 아침 햇볕을 받으며 나목이 된 마로니에 나무 뒤쪽에 있는 집 앞에 당도했다. 그 집은 조용하면서도 장엄한 모습을 하고 있었다. 나는 걸음을 멈추고 잠시 현관 안쪽으로 귀를 기울여 보다가 불현듯 집으로 돌아가고 싶은 생각이 들었다. 그러나 나는 마음을 고쳐먹고 빠른 걸음으로 붉은색 돌층계를 올라갔다. 반쯤 열린 문을 넘어서면서 나는 주위를 둘러보고, 다음 문을 두드렸다. 작은 키에 동작이 날렵하고 상냥한 브로지의 어머니가 나오더니 나를 번쩍 들어 올려 내 볼에 키스를 해 주면서 물었다.

"브로지를 보러 오는 거니?"

이어서 그녀는 내 손을 잡고 이층의 하얀 방문 앞으로 나를 데리고 갔다. 나를 음울하고 무서운 경이의 나라로 안내할 것 같은 이 손이 나에게는 영락없는 천사 아니면 마술사의 손처럼 느껴졌다. 무서운 경고라도 받은 듯 가슴이 떨렸다. 나는 머뭇거리며 뒷걸음을 치려고 무진 애를 썼다. 그 때문에 그녀가 내 손을 잡아끌다시피 해서 방 안으로 데리고 갔다. 방은 크고 밝았으며 아늑하고 깔끔했다. 내가 겁이 나서 당황한 표정으로 문가에 서서 채광이 좋은 침대 쪽을 바라보고 있자니 그녀가 나를 그쪽으로 데리고 갔다. 그때 브로지가 우리 쪽으로 돌아누웠다.

나는 그 애의 얼굴을 자세히 들여다보았다. 그 애의 얼굴은 말라서 홀쭉해졌지만, 죽음의 빛은 찾아볼 수 없었다. 오히려 온화한 빛을 띠고 있었다.

그의 눈에는 평소와 다른 어떤 것, 이를테면 선량하고 진지하며 침착한 그 무엇이 깃들어 있었다. 그런 그 애의 눈을 보자 나는 전나무 숲에 서서 귀를 기울이던 그때처럼, 두려움과 호기심에 숨을 죽이면서 내 근처를 지나갈 천사의 발자국 소리를 듣고자 했던 그때처럼 가슴이 두근거렸다.

브로지가 고개를 끄덕이며 나에게 손을 내밀었다. 그 애의 손은 뜨겁고 메마르고 여위어 있었다. 그 애의 어머니가 그 애를 쓰다듬어 주고는 나에게 고개를 끄덕이더니 방을 나갔다. 그렇게 나는 혼자서 그 애의 작고 높다란 침대 곁에 앉아서 그 애를 바라보았다. 우리 둘은 한동안 아무 말도 하지 않았다. 마침내 그 애가 입을 열었다.

"너 여전하구나."

"그래, 너도 여전하지?"

"너의 어머니께서 가 보라고 그러셨니?"

나는 고개를 끄덕였다.

그 애는 피곤했는지 들었던 고개를 다시 베개 우로 떨어뜨렸다. 나는 무슨 말을 해야 좋을지 몰라 내 모자의 술만 잘근잘근 씹으며 그 애를 계속 쳐다볼 수밖에 없었다. 그 애도 나를 한참 쳐다보다가 미소 지으며 장난으로 눈을 깜빡였다. 그러고 나서 그 애가 천천히 옆으로 약간 돌아누웠는데, 문득 그 애의 속옷 단추 사이에 난 틈으로 무언가 붉은 것이 반짝거리는 게 보였다. 그 애의 어깨에 난 커다란 상처 자국이었다. 그것을 본 순간 나는 돌연 울음이 터졌다. 그 애가 다급하게 물었다.

"야, 너 왜 그래?"

나는 대답하지 못한 채 계속 울면서 뺨에 흐른 눈물을 올이 거친 모자로 마구 닦아 냈다. 뺨이 아플 때까지.

"말해 봐, 너 왜 우는 거야?"

"네가 그렇게 아프니까."

그제야 나는 대답했다. 하지만 이 대답은 내가 울게 된 진짜 이유가 아니었다. 그건 그 아이에 대한 나의 격렬한 애정과 자비심의 한 표현이었다. 예전에도 이미 그런 느낌이 든 적이 한 번 있었는데, 가슴속에 침전해 있던 이 감정이 지금 돌연 세찬 분수처럼 솟아올라 걷잡을 수가 없었다. 브로지가 말했다.

"내 병이 그렇게 심각한 건 아니야."

"그럼 곧 낫게 되니?"

"아마 그럴 거야."

"언제쯤 회복되는 건데?"

"나도 몰라. 아마 오래 걸릴 거야."

잠시 뒤에 보니 어느새 그 애가 잠들어 있었다. 나는 한참 기다리다가 방을 나와서 계단을 내려가 집으로 왔다. 어머니가 병문안 갔던 일에 대해 꼬치꼬치 묻지 않은 것이 여간 다행인 게 아니었다. 어머니는 내가 무언가 경험하고 평소와 달라져 있음을 알아차리고 내 머리만 쓰다듬어 주시면서 말없이 고개를 끄덕였다.

그런데도 나는 그날 아주 버릇없이 군 것 같다. 나는 사나워지고 불친절해졌다. 동생을 대할 때도 그랬고, 부뚜막에서 일하는 하녀에게도 화를 냈다. 그런가 하면 나는 질퍽한 들판을 마구 휘젓고 다니다 옷을 엉망으로 더럽혀 집에 돌아왔다. 어쨌든 이런 일들이 있었던 것은 틀림없다. 왜냐하면 그날 저녁에 어머니가 아주 다정스럽고 진지한 눈으로 나를 쳐다보고 있었다는 것을 나는 오늘 이 순간에도 또렷이 기억하고 있기 때문이다. 어머니가 그날 아침의 일을 말없는 가운데 나에게 상기시켜 주고 싶었던 것 같다. 나는 어머니의 마음을 잘 알았기에 내심 후회했다. 어머니도 그런 내 마음을 읽었는지 어딘가 평소와는 달랐다. 어머니는 창가에 있는 화분 받침대에서 흙이 가득 담긴 조그만 화분을 나에게 건네면서 그 속에 검은색 구근을 하나 심어 주셨다. 이 구근은 연둣빛을 띠고 있었는데, 수액이 오른 뾰족한 새싹을 벌써 몇 개 달고 있었다. 히아신스 구근이었다. 화분을 나에게 주면서 어머니가 말했다.

"이걸 이제 너에게 줄 테니 잘 길러라. 그러면 언젠가 크고 붉은 꽃이 필 거야. 저기다 이걸 놓아둘 테니 정성껏 돌봐 줘라. 쓸데없이 만지작거리거나 옮겨 놓아서도 안 된다. 그리고 매일 두 번 물을 주어야 해. 혹시 네가 잊어버리면 내가 일러 줄게. 예쁜 꽃이 피면 그때 넌 그걸 브로지에게 갖다주어라. 그러면 그 애가 좋아할 거야. 너도 그렇게 생각하지?"

어머니는 나를 잠자리로 보냈다. 잠자리에 든 나는 그 꽃이 자랑스러웠다. 꽃이 피기를 기다리는 것이 나에게는 명예롭고 중대한 사명처럼 여겨졌다. 하지만 바로 그다음 날 벌써 나는 물 주는 일을 잊어버려서 어머니가 그 일을 상기시켜 줬다.

"브로지에게 갖다줄 꽃 어떻게 됐니?"

어머니가 묻는 것이었다. 어머니는 매일 한 번 이상 그걸 나에게 상기시켜 줘야만 했다. 그런데도 그 당시 내 꽃만큼 그렇게 내 마음을 사로잡고 나를 행복하게 해 준 꽃은 하나도 없었다. 방 안과 뜰에는 다른 꽃들, 더 크고 더 예쁜 꽃들이 많았다. 어머니와 아버지가 종종 그 꽃들을 나에게 보여 주셨지만, 조그맣게 자라는 그 꽃만큼 내가 애정을 갖고 바라보고 가꾸면서 꽃이 피기를 기원하고 노심초사하기는 처음이었다.

며칠간은 그 작은 꽃의 상태가 별로 좋아 보이지 않았다. 알지 못할 병에 시달려서 제대로 자라지 못하고 있는 것 같았다. 내가 그 모습을 보고 울적해하다가 급기야 안절부절못하자 어머니가 말했다.
　"봐라, 저 꽃이 마치 브로지처럼 병이 든 것 같구나. 전보다 더 아끼고 잘 가꾸어야겠다."
　어머니의 그 비교가 나에게는 정말 그럴듯하게 여겨졌다. 그 비교는 나에게 즉시 아주 새로운 생각을 하게 만들었고, 나는 이 새로운 생각에 완전히 빠지고 말았다. 나는 이제 힘겹게 자라는 그 조그만 화초와 병든 브로지 사이에 은밀한 연관이 있을 거라는 느낌이 들었다. 그렇다, 이 히아신스가 성공리에 꽃을 피우면 내 동무도 다시 건강해질 것이라는 굳은 신념을 갖게 된 것이다. 만약 꽃이 그렇게 피지 못하면 브로지도 죽게 될 것이다. 만약 내가 그 화초 돌보기를 게을리해서 그 꽃이 죽기라도 한다면 그 책임은 내가 지어야 한다는 생각이 들었다. 이런 생각이 굳어지자 나는 불안해져서 그 꽃 화분을 신줏단지처럼 모셨다. 마치 그 속에 나만이 알고 있는 어떤 특별한 마력이 숨겨져 있는 것처럼.
　첫 병문안을 간 지 사나흘이 지나서 ― 히아신스는 여전히 상태가 매우 나빠 보였다 ― 나는 다시 이웃집 브로지에게 건너갔다. 브로지는 아주 조용히 누워 있었다. 나는 할 말이 없어 그냥 침대 옆에 가까이 서서 위로 향한 그 아이의 얼굴을 내려다보았다. 그의 얼굴은 하얀 침대보와 대조적으로 연약하면서도 따사로워 보였다. 그는 가끔 눈을 떴다가 감을 뿐 꼼짝도 하지 않았다. 나보다 더 영리하고 나이 많은 사람이었다면 아마도 저 어린 브로지의 영혼이 이미 이승에서의 삶에 불안을 느끼고 저승으로 돌아가기를 바라고 있음을 감지했을 것이다. 조그만 방의 침묵이 나에게 불안감을 불러일으키려는 찰나에 브로지의 어머니가 살며시 들어와서 친절하게 나를 밖으로 데리고 나갔다.

그다음 번은 훨씬 가벼운 마음으로 그 애에게 갈 수 있었다. 왜냐하면 내가 집에서 기르던 히아신스의 꽃대가 새로이 활기를 찾았는지 뾰족하고 싱싱한 잎사귀를 내밀고 있었기 때문이다. 이번에는 브로지도 한결 생기 있어 보였다.

"너도 야콥이 아직 살아 있을 때 기억이 나지?'

그 애가 물었다. 우리는 까마귀에 대한 기억을 떠올리면서 그 새에 관해 얘기를 나누었고, 그 새가 할 수 있었던 세 마디 짤막한 말을 흉내도 내보았다. 그리고 얼마 전에 길을 잃어 우리 동네로 날아들었던 회색과 붉은색을 띤 앵무새를 그리워하며 그 새에 관해서도 신나게 이야기했다. 나는 이야기에 골몰하는 바람에 브로지가 얼마 안 가서 다시 피곤한 기색을 보였는데도 눈치 없이 계속 떠들어 댔다. 나는 그 아이가 병중이라는 사실을 까맣게 잊고 있었다. 우리 집에서는 전설이 되어 버린 저 도망쳐 날아간 앵무새에 관해 나는 계속 떠들어 댔다. 이 이야기의 백미는 다음과 같은 것이었다. 우리 집의 늙은 정원지기가 헛간의 지붕 위에 앉은 그 예쁜 새를 보자 그 새를 잡으려고 곧장 사다리를 대고 올라갔다. 그가 지붕에 당도해서 조심스럽지 그 앵무새에게로 다가가자 그놈이 말했다.

"안녕하세요!"

그 말에 정원지기는 모자를 벗고 대답했다.

"용서하세요, 전 댁을 날짐승으로 착각할 뻔했습니다."

이야기를 끝낸 나는 브로지가 틀림없이 박장대소를 하리라 생각했다. 그러나 그 애는 그렇게 하지 않았다. 내가 매우 의아한 표정으로 그 아이를 쳐다보자 그 아이는 부드럽고 다정한 미소를 지었다. 그 애의 뺨은 평소보다 약간 붉어져 있었다. 하지만 그 애는 아무 말도 하지 않았고 크게 웃지도 않았다.

그때 문득 나는 그 애가 나보다 훨씬 철들어 보인다는 생각이 들었다. 지금까지의 재미가 삽시간에 사라지고 마음속이 혼란해지고 걱정으로 가득차기 시작했다. 우리 사이에 이제 무언가 서먹서먹하고 껄끄러운 것이 가로놓여 있음을 나는 감지했기 때문이다. 겨울 파리 한 마리가 방 안을 왱왱거리고 다녀 내가 파리를 잡을까 하고 물었다.

"아니야, 그냥 놔둬!"

브로지가 말했다. 그렇게 말하는 브로지가 어른 같아 보였다. 나는 가슴이 답답해진 상태에서 그 집을 나왔다.

집으로 돌아오는 길에 나는 내 생애에서 처음으로 이른 봄의 베일을 두른 충만한 아름다움을 느꼈다. 이런 기분에 다시 한번 젖어 든 것은 나의 유년 시절이 완전히 끝날 무렵이었다.

이런 기분이 어떤 것인지, 어째서 이런 기분이 들었는지 나는 알 수 없다. 하지만 미풍이 불고, 밭 가장자리에 축축하고 거무스름한 흙덩이가 부풀어 줄무늬 모양으로 반짝거리고, 대기는 특이한 높새바람 냄새를 풍기고 있었다는 건 기억이 난다. 또 한 가지 기억나는 건, 내가 어떤 멜로디를 웅얼거리려고 하다가 무언가가 가슴을 짓누르는 바람에 곧 그만두고 말았다는 것이다.

이웃집에서 집으로 돌아오는 이 짧은 시간이 나에게는 이상하게도 가슴속 깊이 새겨졌다. 자세한 것은 이제 더 이상 거의 기억나지 않지만, 이따금 눈을 감으면 그 시절로 돌아갈 때가 있다. 그럴 때면 어린아이의 눈으로 대지를 바라보게 된다. 신의 선물이요 신의 창조물인 대지를, 처녀지의 아름다움을 지닌 이 대지를 아련히 가물거리는 꿈결에서 보게 되는 것이다. 우리 어른들은 예술가나 작가의 작품에서나 볼 수 있는 이 대지를. 집으로 돌아오는 그 길은 아마도 이백 보도 채 안 될 것이다. 그러나 짧은 그 길 위와 그 길가에서 내가 보고 경험한 것들은 훗날 내가 여기저기 다닌 여행길에서 보고 경험한 것들의 총합보다 훨씬 더 큰 의미를 지닌다.

잎이 떨어진 과일 나무들은 꼬불꼬불한 큰 가지들을 위협적으로 하늘로 뻗고, 잔가지들로부터는 물기 어린 적갈색의 봉오리들의 움이 돋아나고 있었다. 이것들 위로는 바람이 날리고 꿈에 젖은 구름이 열을 지어 날아가고 있었고, 이것들 아래에서는 발가벗은 대지가 봄을 숙성시키며 부풀어 오르고 있었다. 비에 넘친 웅덩이들은 실개천을 만들며 탁류를 거리로 흘려보내고 있었다. 이 실개천에는 시든 배나무 잎들과 갈색의 조그만 나뭇조각들이 헤엄을 치고 있었다. 이것들은 쪽배가 되어 달리다가 물가에 정박하여 희열과 고통 등 변화무쌍한 운명을 체험하고 있었다. 나 또한 이들과 함께 이런 운명을 체험한 것이다.

갑자기 검은 새 한 마리가 내 눈앞에서 공중으로 날아오르더니 몸을 뒤집으며 비틀거리다가 돌연 길게 떨리는 물결 모양의 소리를 토해 내고는 멀리 사라져 갔다. 그 순간 내 마음도 함께 날아갔다.

말 두 마리가 끄는 빈 달구지 한 대가 덜컹덜컹 바퀴를 굴리며 지나갔다. 그 마차는 모퉁이를 돌아갈 때까지 내 시선을 끌었다. 달구지는 튼튼한 말에 끌려 미지의 세계에서 왔다가 아름다운 영감을 불러일으키고는 그 영감을 다시 거두어들이면서 미지의 세계로 사라져 갔다.

이것들은 한 가지 혹은 두세 가지 조그만 회상에 불과했다. 하지만 한 어린아이가 돌이나 식물, 새, 공기, 색깔, 그림자 등을 통해서 매순간 획득했다가 곧 잊어버리고, 그러다가 또 운명과 세월의 변화 속에서 수렴되는 이 체험과 흥분과 기쁨을 그 누가 헤아릴 수 있겠는가? 지평선 위에 펼쳐진 대기의 진기한 색채와 집이나 정원 혹은 숲속에서 들려오는 아주 작은 소음 그리고 팔랑거리는 한 마리 나비의 모습과 일순간 어디선가 풍겨 오는 냄새는 종종 내 기억을 에워싸고 있던 구름을 헤치고서 내 마음속 깊은 곳에 침전해 있던 옛 시절을 잠시 떠올리게 한다. 이것 모두가 선명하지 못해서 하나하나 식별할 수는 없지만, 모두가 그 옛날과 다름없는 고귀한 향기를 지니고 있다. 그도 그럴 것이, 나와 모든 돌과 새 그리고 개울 사이에는 내적인 삶의 연관성이 존재하기 때문이다. 이 내적 연관성의 잔재를 보존하기 위해 나는 남들이 보기에 시기심이 날 정도로 온갖 노력을 다 기울인다.

　내 히아신스는 그동안 견실하게 자라서, 잎들을 위로 죽죽 뻗어 올리면서 팔목할 정도로 건강해졌다. 이 화초와 더불어 내 기쁨과 내 동무의 회복에 대한 기대도 한층 더 커졌다. 그러더니 살이 오른 잎들 사이로 동그랗고 불그스름한 꽃봉오리가 부풀어 마침내 벌어지기 시작하는 날도 왔고, 또 그 후 꽃봉오리가 완전히 벌어져 가장자리에 흰 테를 두른 빨간색 예쁜 겹꽃잎이 어느새 만개한 날도 왔다. 그러나 자랑스럽고 기쁜 마음으로 조심해 가며 그 화분을 이웃집 브로지에게 갖다준 날을 나는 완전히 잊고 있었다.

　그 후 어느 화창한 일요일이었다. 거무스름한 밭의 흙에서는 이미 조그만 초록색 싹이 돋아나고, 구름의 가장자리는 황금빛으로 물들었다. 그리고 물이 밴 길과 마당, 앞뜰에는 온화하고 맑은 하늘이 되비치고 있었다. 브로지의 작은 침대는 창가로 옮겨져 있었고, 그 창턱에는 햇빛을 받은 히아신스가 그 자태를 뽐내고 있었다. 환자는 상반신을 조금 일으킨 상태에서 베개로 받혀져 있었다. 그 애는 나와 평소보다 좀 더 많은 이야기를 나누었다. 이발한 그 애의 머리 위로 포근한 햇살이 화사하게 반짝거렸고, 그 애의 귀는 햇살이 발갛게 투과하고 있었다. 나는 그 애의 그런 모습을 보며 매우 낙관적인 생각이 들었다. 이제 그 애가 머지않아 곧 완쾌되리라는 생각 말이다. 옆에 앉아 있던 그 애의 어머니가 그런 내 태도가 마음에 들었던지 노란 겨울 배 한 개를 주고는 나를 집으로 돌려보냈다. 미처 층계를 다 내려가기도 전에 나는 배를 한입 깨물었다. 배가 꿀처럼 달았다. 과즙이 턱과 손으로 흘러내렸다. 집에 오는 길에 나는 배를 다 먹고 나서 씨가 든 알맹이를 힘껏 던졌다. 배는 공중에서 곡선을 그리며 멀리 밭으로 날아갔다.

  이튿날엔 비가 몹시 쏟아져서 나는 집에 있어야 했다. 손을 깨끗이 씻고 — 성경을 읽기 위해서는 이렇게 손을 깨끗이 씻어야 했다 — 나는 그림판 성서를 탐독했다. 거기에는 내가 좋아하는 그림들이 많이 있었는데, 그중에도 내가 제일 좋아하는 그림은 천국의 사자와 아브라함의 종 엘리에셀의 낙타 그리고 갈대 속에 버려진 어린 모세였다. 그다음 날에도 계속해서 비가 내려 나는 짜증이 났다. 오전 중의 절반은 빗소리가 들리는 마당과 마로니에 나무를 창문으로 멍하니 바라보다가, 그다음엔 내가 할 수 있는 장난이란 장난은 차례대로 다 해 보았다. 저녁 무렵에 장난을 그만두자 나는 동생과 한바탕 싸웠다. 항상 그랬던 것처럼 우리는 서로 티격태격하다가 동생이 나에게 욕을 심하게 해 대는 바람에 내가 동생을 때렸다. 동생은 울면서 방을 뛰쳐나가 복도와 부엌, 계단 그리고 큰방을 거쳐 어머니에게로 달려가 그 품에 몸을 던졌다. 어머니는 한숨을 내쉬면서 나를 쫓아냈다. 귀가한 아버지께서 자초지종을 듣고는 나를 야단치고 훈계하면서 잠자리로 보냈다. 침대에서 나는 알지 못할 슬픔에 잠겨 눈물을 흘렸지만 곧 잠이 들었다.

내가 브로지의 방으로 그를 다시 찾아간 것은 아마도 그다음 날인 듯하다. 그의 어머니가 줄곧 손가락을 입에 대고 조심하라는 표정으로 나를 쳐다보았다. 브로지는 눈을 감고 나직하게 신음하면서 침대에 누워 있었다. 걱정스러워 바라보니 그 애의 얼굴은 창백한 채 고통으로 일그러져 있었다. 그 애의 어머니가 내 손을 그 애의 손에 얹어 주자 그 애가 눈을 뜨더니 잠시 나를 바라보았다. 그 애의 눈은 퀭하니 들어가 있었고, 평소와는 달라 보였다. 나를 응시하는 그 애의 눈빛은 아주 먼 데서 바라보는 것같이 낯설고 이상한 눈빛이었다. 그 애는 나를 전혀 알아보지 못하고, 나를 이상히 여기는 듯했다. 아니, 동시에 그 애는 다른, 훨씬 더 중요한 생각에 잠긴 듯했다. 잠시 뒤 나는 까치발로 살며시 그 방을 나왔다.

그날 오후에 그 애의 청에 따라 그 애 어머니가 옛날이야기를 하나 들려주자 그 애는 졸음에 잠겼다. 그런 상태가 저녁까지 지속되면서 점차 그 애의 약한 심장 고동이 서서히 꺼져 갔다.

내가 잠자리에 들 무렵, 어머니는 벌써 그 사실을 알고 있었다. 하지만 어머니는 이튿날 아침에 우유를 마시고 난 뒤에야 비로소 그 이야기를 나에게 들려줬다. 어머니의 말을 듣고 난 나는 온종일 몽유병 환자처럼 여기저기를 쏘다녔다. 나는 브로지가 천사에게 갔으며, 그 애 자신이 천사가 되었으리라 생각했다. 등에 상처 자국이 남아 있는 그 애의 작고 마른 육신이 아직 그 애의 집에 머물러 있었다는 것을 나는 몰랐으며, 그의 장례식도 보지 못했을 뿐만 아니라, 그것에 관해 아무것도 듣지 못했다.

나는 그 애의 죽음에 대해 여러 가지 많은 생각을 했다. 그러나 죽은 그 애는 세월이 흐르며 내게서 멀어졌고, 끝내는 내 의식에서 사라졌다. 그러다 어느새 철 이른 봄이 성큼 다가왔다. 산은 노란색, 초록색으로 아롱거리는 가운데 정원에서는 싱싱한 유목들의 향기가 피어오르고, 마로니에 나무의 동그랗게 말린 잎들은 싹을 틔운 봉오리들을 정겹게 어루만지고 있었다. 그리고 묘지에는 황금빛으로 반짝이는 민들레가 실한 꽃대 위에서 환하게 웃고 있었다.

대리석 공장

화창한 날씨가 며칠, 아니 몇 주째 이어지는 여름이었다. 달력은 아직도 유월을 가리키고 있었고 농부들은 이제 막 건초 거두는 일을 마친 참이다.
　아직 축축하기 이를 데 없는 소택지에서 강렬한 햇볕에 갈대가 타들어 가고, 열기가 뼛속까지 스며드는 이런 여름은 농부들 대부분에게는 더할 나위 없이 멋진 여름이다. 이곳 사람 대부분은 이때를 만나면 더위와 더불어 한껏 쾌감을 느끼고, 남들이 누릴 수 없는 태평세월을 간끽한다. 나 또한 이런 부류의 사람에 속한다. 그 때문에 그해 초여름에는 나 역시 꽤나 쾌적한 기분에 젖어 있었다. 물론 이런 기분이 여지없이 깨지기도 했지만, 그 일에 관해서는 나중에 이야기하기로 하겠다.
　아마도 그해 유월은 내가 겪어 본 유월 중에서도 가장 풍요로워서 그런 달이 다시는 올 수 없을 것 같은 생각이 들 정도였다. 내 사촌의 집은 마을 길갓집이었는데, 집 앞 조그만 꽃밭에는 만개한 꽃들이 향기를 듬뿍 내뿜고 있었다. 굵직하고 높게 자란 달리아들이 허믈어져 가는 울타리를 뒤덮고, 달리아에 달린 둥글고 통통한 봉오리들 틈새로 여린 꽃잎들이 노랗거나 붉은 또는 담자색을 띤 얼굴을 내밀고 있었다. 금빛 니스는 벌꿀 색으로 활활 타오르며 동경 어린 향기를 마구 뿜어 대고 있었다. 자기는 시들 때가 가까워져서 한창 무성하게 자라는 물푸레나무에게 자리를 내주어야 할 시기가 다가온다는 사실을 잘 알기나 하듯이, 굵은 유리관 같은 줄기 위에 몸을 실은 봉선화는 굳은 표정으로 조용히 명상에 잠겨 있고, 날씬한 몸매의 창포는 꿈에 젖어 있는가 하면, 무성하게 뻗어 가는 넝쿨장미는 즐거운 듯 담홍색을 발하고 있었다. 이곳에서는 손바닥만큼의 땅도 볼 수가 없다. 뜰 전체가 마치 좁디좁은 꽃병의 병목에서 넘쳐 나온 다채롭고 호들갑스러운 꽃다발로 메워진 듯이 한 뼘의 흙도 보이지 않았다. 뜰 가장자리의 금련화들은 장미들 틈에 끼어 거의 질식해 가고 있었고, 뜰 한가운데에서는 자랑스럽게 불타오르는 산나리들이 탐욕에 찬 커다란 꽃잎을 달고 불손하기 그지없이 마구 자리를 넓혀 가고 있었다.

  나는 이 뜰이 무척 마음에 들었는데, 그 반면에 내 사촌과 이웃 농부들은 이 뜰을 거들떠보지도 않았다. 이들에게는 가을이 와서 꽃밭에 늦장미나 국화 또는 과꽃 따위가 최후로 몇 송이 남아 있을 무렵이나 돼야 비로소 이 꽃밭이 다소 마음에 들기 시작한다. 요즈음 그들은 매일 아침부터 늦게까지 밭에 나가 일하다가 저녁이나 되어야 돌아온다. 그러면 이들은 지쳐 무거워진 몸으로 엎어진 납 인형처럼 침대에 쓰러져 버린다. 그런데도 이들은 아무런 수확도 가져다주지 않는 이 꽃밭을 매년 가을과 봄이 되면 새롭게 정성들여 가꾸고 손질한다. 가장 아름다운 시기에는 거의 거들떠보지도 않는 이 꽃밭을.

  이 주 전부터 태양의 열기가 뜨겁고 푸른 하늘이 대지 위에 걸쳐 있다. 아침이면 맑고 유쾌하던 하늘이 언제나 저녁만 되면 어김없이 서서히 덩치를 키우며 짙어지는 낮은 구름으로 휩싸인다. 밤이면 가깝거나 멀리서 천둥이 울리고 번개가 치며 비가 내리다가도 아침에 잠에서 깨기만 하면, 여전히 천둥소리는 귀에 남아 있지만, 높푸른 하늘에서 반짝반짝 햇빛이 내리비치며 다시 빛과 열기로 가득 찬다. 그러면 나는 유쾌하게 내 방식대로 여름 생활을 서서히 시작한다.

따뜻한 숨결 속에 높이 자란 황금빛 곡식밭을 관통하는 들길, 작열하는 햇볕 때문에 메말라 갈라지는 이 들길을 잠시 걸어 본다. 길가에는 양귀비, 달구지국화, 살갈퀴, 수레국화, 메꽃들이 웃고 있다. 나는 이 길을 지나 키가 큰 풀로 뒤덮인 숲 언저리에서 몇 시간 긴 휴식을 취한다. 내 머리 위에서는 금빛 딱정벌레가 가물가물 빛을 발하고, 벌들의 노랫소리가 들린다. 바람 한 점 없는 가운데 휴식을 취하는 나뭇가지들이 깊은 하늘에 드리워져 있다. 저녁 무렵이 되면 나는 햇살 먼지를 헤치며 편안하고 느슨한 걸음으로 집을 향한다. 불그스름해진 황금빛 밭을 지나 풍요와 피로와 그리움을 담은 암소의 울음소리로 가득 찬 대기를 가르며 집으로 발걸음을 옮겼다. 그리고 끝 무렵에는 밤이 깊도록, 단풍나무나 보리수 밑에 홀로, 또는 친지와 함께 앉아 황색 와인을 곁들이며 흡족하고 부담 없는 잡담을 나눈다. 후텁지근한 밤이 깊어지고 어딘가 멀리서 천둥이 일기 시작하면, 깜짝 놀라서 소리 지르는 비바람막이 지붕 아래로 빗방울들이 서서히, 음습하게 대기를 뚫고 세차게 또는 약하게 떨어지며 소리 없이 짙은 먼지를 일으킨다.

내 사랑하는 사촌은 어이없다는 듯이 머리를 내저으며 말했다.
"야, 이 게으름뱅이야! 움직인다고 사지가 떨어져 나가지 않아!"
"내 사지 아직 멀쩡해."
나는 그를 안심시켰다. 나는 그가 먼지를 뒤집어쓴 채 땀 흘리며 피곤해하는 모습을 보는 게 즐거웠다. 나는 내가 당연한 권리를 누리고 있다고 생각했다. 나는 시험을 치르느라고 몇 달간 길고 힘겨운 날들을 보냈다. 그 동안 날마다 무거운 십자가를 지고 편안한 삶을 희생해 왔다.

사촌 킬리안 역시 내 흥을 깰 생각은 전혀 없었다. 그는 나의 학식에 대해 깊은 존경심을 지니고 있었다. 그의 눈에는 내가 신성한 학식의 베일로 감싸여 있는 것으로 보였다. 물론 나도 이 베일에 행여 구멍이라도 숭숭 뚫릴까 봐 신경을 쓰는 편이다.

나는 지금 이제까지 누리지 못했던 쾌적함을 만끽하고 있다. 곡식과 건초 그리고 높이 자란 독미나리 밭을 헤치며 들판과 초원을 말없이 느린 걸음으로 거닐거나, 쾌적한 온기 속에서 소리 없이 숨만 쉬는 뱀처럼 꼼짝 않고 누워서 고요한 시간을 즐겼다.

이 여름의 소리! 이 소리를 들으면 즐거운 기분이 드는가 하면 때론 슬퍼지기도 한다. 나는 이 소리를 무척이나 좋아한다. 이 소리는 매미 소리를 두고 하는 말이다. 자정에 이르도록 끊임없이 계속되는 매미 소리를 듣고 있노라면 바다를 바라볼 때처럼 완전히 몰아지경에 빠져든다. 물결치는 이삭들의 풍요한 마찰음, 계속 잠복해 있으면서 나직하게 울려 대는 천둥소리, 저녁이면 왱왱거리는 모기 소리, 멀리서 들려오는 대장간의 모루 치는 소리, 밤이면 한층 더 강도를 높이는 포근한 바람 소리와 갑작스럽게 쏟아지는 열정적인 소나기, 이런 자연의 소리가 내 가슴을 울려 댔다.

이 자랑스러운 짧은 몇 주 동안 삼라만상이 얼마나 정열적으로 꽃피우고, 숨쉬며, 향기를 풍겼던가! 이런 분위기 속에서 내 삶은 얼마나 심오해지고, 그리움은 얼마나 가슴 깊이 타올랐던가! 가지런히 베어 놓은 푹신한 풀포기 속에서 보리수는 온 골짜기를 그 향기로 가득 메우고, 피곤한 모습으로 고개를 숙인 채 풍요롭게 익어 가는 곡식들 옆에서는 들꽃들이 다채로운 색깔로 욕심을 부리며 자신의 몸매를 한껏 뽐내고 있지 않은가! 곡식들은 이제 곧 때 이른 추수를 기다리며 더욱더 강렬하게 작열하고 있구나!

내 나이 스물네 살, 세상과 나 자신이 걸작이라고 생각하며, 미적 관점에서 삶을 유쾌하게 즐길 수 있는 예술로 여기며 살았다. 다만 연애만은 내 선택과는 무관하게 낡은 관습에 따랐지만, 나는 내심 이 일에 대해 누가 언급하는 것을 결코 허용하고 싶지 않았다. 나는 회의와 동요를 거듭하며 심사숙고한 끝에 삶을 긍정하는 철학을 지니게 되었으며, 내 딴엔 여러 가지 힘든 경험 끝에 사물을 객관적으로 침착하게 관찰할 수 있게 되었다고 믿었다. 그 밖에도 나는 시험에 합격했으며, 주머니에는 용돈도 두둑하게 들어 있고, 두 달 간이라는 방학도 내 앞에 펼쳐져 있었다.

아마도 모든 사람의 인생에 그런 시절이 있었을 것이다. 장애 없이 순탄한 길이 자기 앞에 길게 뻗어 있고, 하늘에는 구름 한 점 없고, 가는 길엔 웅덩이 하나 없는 그런 시절 말이다. 그 시절에는 나무 꼭대기에 자랑스럽게 앉아 몸을 흔들어 대며, 이 세상엔 결코 우연과 운이란 건 없고, 이 모든 것과 미래의 절반을 당연한 대가로 얻고 획득한 것이라고 굳게 믿는다. 이렇게 믿는 이유는 간단하다. 자기는 그런 삶을 얻을 자격이 있는 위인이라고 생각하기 때문이다. 이런 생각을 즐기는 것도 제멋이리라. 쓰레기더미 위의 참새들이 누리는 행복이나 동화 속의 왕자가 누리는 행복이 바로 이런 생각에서 비롯되거늘. 하지만 이런 행복은 결코 그리 오래가지 않는다.

두 달이나 되는 즐거운 방학 중에서 이제 겨우 이삼 일이 손가락 사이로 빠져나갔을 뿐이다. 나는 장식이 달린 중절모를 쓰고, 입에는 담배를 문 채 버찌를 한 움큼 손에 쥐고, 주머니에는 재미있는 책 한 권을 넣고 유쾌한 현자처럼 계곡을 이리저리 거닐었다. 지주들과 품격 있는 이야기를 나누거나, 여기저기서 밭일하는 농부들에게 다정하게 말도 걸고, 온갖 크고 작은 축제나 모임 또는 연회와 세례식, 맥주 파티에도 마다않고 참석했다. 그뿐 아니라 이따금 오후 늦게 목사와 만나 맥주를 한잔 기울이기도 하고, 공장주나 물 임차인들과 함께 숭어 낚시를 다니기도 했다. 세상살이에 경험 많은 그 어떤 둥글넓적한 남자가 내 위대한 청춘을 빈정대지 않고, 나를 완전히 자기와 동등하게 취급해 줄 때면 나는 내심 혀를 차면서 절제된 즐거움을 표현했다. 왜냐하면 진정 나는 겉으로만 그렇게 유치할 정도로 젊게 보였기 때문이다. 얼마 전부터 나는 내가 장난질이나 치는 나이를 넘어서 이제 어른이 되었다는 것을 깨달았다. 남모를 기쁨에 젖어 매 순간 나의 성숙함을 즐기면서, '인생은 말과 같다. 빠르고 힘찬 말과 같아서 기사처럼 그것을 담대하면서도 조심스럽게 다루어야 한다.'는 표현을 즐겨 썼다.

  그렇게 시간이 흐르는 동안 대지는 아름다운 여름 속에서 무르익어 갔다. 들판의 곡식은 노랗게 물들기 시작했으며, 대기는 건초 냄새로 가득 찼고, 나뭇잎은 아직도 밝고 강렬한 색채를 띠고 있었다. 아이들은 빵과 주스를 받으로 날랐고, 농부들은 분주한 가운데서도 즐겁게 일했다. 저녁이면 처녀들이 열을 지어 거리로 몰려나와 까닭 없이 웃어 대며, 서로 약속이나 한 것처럼 갑자기 정겨운 민요를 몇 곡씩 합창했다. 나는 사나이로서 내 젊음의 가장 성숙한 꼭짓점에 서서 기쁨에 찬 어린아이들과 농부들 그리고 처녀들을 바라보며 이들의 행복을 진심으로 축하해 주었다. 나는 이들의 모든 삶을 익히 잘 알고 있다고 생각했다.

  양발로 백 보씩 디뎌야 한 바퀴가 돌아갈 만큼 커다란 물방아를 돌리는 자텔바하 강의 서늘한 숲 골짜기에 당당하고 깨끗한 대리석 공장이 한 채 있었다. 헛간, 돌을 가는 곳, 마당, 살림집, 정원, 이 모든 게 간소하고 짜임새가 단단해서 보는 이의 마음을 즐겁게 해 주었다. 완전히 새 건물은 아니었지만 그렇다고 풍화되어 낡아 보이지도 않았다. 여기서 대리석 덩이가 서서히 톱에 잘려 두껍거나 얇은 석판이 되면 다음 단계에서는 물에 씻기고, 그다음에는 반들반들하게 갈린다. 이 모든 작업이 조용히 그리고 깔끔하게 이루어져서 누가 보아도 흥미를 느끼지 않을 수가 없었다. 전나무와 너도밤나무 그리고 기다란 초원 사이의 좁고 굽이진 골짜기 한가운데 있는 이 대리석 공장을 바라보노라면 낯설면서도 앙증스러워서 마음이 끌린다. 이 공장에는 백색 또는 청회색을 띠거나 다채로운 줄무늬가 있는 커다란 대리석 덩어리를 포함해 각종 크기로 마무리된 판석, 대리석 자투리들 그리고 반짝거리는 대리석 가루로 가득 차 있다. 이 공장을 처음 방문하던 날 한쪽 면만 갈린 조그맣고 하얀 대리석 조각 하나를 가져왔는데, 나는 이 조각을 몇 년 동안 내 책상 위에 올려놓고는 편지 문진으로 사용했다.

  대리석 공장 주인은 람파르트라는 사람이었는데, 내게는 비옥한 이 지역의 독특한 사람 중에서도 가장 독특한 사람으로 보였다. 그는 일찍이 홀아비가 되었다. 게다가 비사교적인 생활로 이웃 사람들과 접촉을 전혀 필요로 하지 않는 그의 특이한 직업 때문에 그런 독특한 면모를 지니게 된 것 같았다. 그는 아주 부유한 사람 같았으나 그 누구도 그에 대해 확실하게 아는 사람이 없었다. 그도 그럴 것이, 근방에는 그와 유사한 사업을 하거나, 그 사업의 운영과 수입에 대해 알 만한 사람이 한 명도 없었다. 그가 어떤 점에서 특이한지 딱히 설명할 수는 없었지만 특이한 것만은 사실이었다. 사람들은 그를 다른 사람들과는 다르게 대할 수밖에 없었다. 그는 자기를 찾아오는 사람은 누구나 환영하고 친절하게 맞이했지만, 그가 그들을 방문하는 일은 한 번도 없었다. 드문 일이기는 하지만 마을의 공식 축제나 사냥 또는 어떤 회의 석상에 그가 나타나기라도 하면, 사람들은 그를 매우 정중하게 대했지만 내심 당황하여 그럴듯한 인사말을 찾지 못했다. 그는 아주 조용히 건너와서는 마치 숲속에서 나온 은둔자처럼 엄숙하게, 그러나 모든 사람의 얼굴을 극히 무관심한 눈으로 바라보고는 곧장 다시 숲속으로 사라졌다.

사업 잘되느냐고 물으면 그는 '감사합니다. 그럭저럭.' 하고 대답하지만 그쪽에서 되묻는 일은 없었다. 또 사람들이 지난 홍수나 가뭄으로 피해는 입지 않았느냐고 물으면 '고맙습니다. 별일 없었습니다.'라고 대답하면서도 '댁은 어떠셨는지요?'라고 응답하는 일은 없었다.

겉보기로 그는 걱정거리가 많았거나 아직도 많이 가지고 있는 사람이면서도 그것을 누구에게도 털어놓지 않으려는 사람 같았다.

그해 여름, 대리석 공장의 물방앗간을 빈번하게 찾는 일이 내겐 습관처럼 되어 버렸다. 나는 지나가는 길에 종종 이곳 마당이나 서늘하고 어둑어둑한 돌 연마장에 십여 분가량 들르기도 했다. 연마장 안에서는 번쩍거리는 강철 톱이 율동적으로 오르내리는 가운데 돌가루가 흘러내리고 있었다. 인부들은 묵묵히 일하고 있었고, 마룻바닥 아래에서는 물이 철석이며 흘러가고 있었다. 나는 두서너 개의 활차와 벨트를 바라보기도 하고, 돌덩이 위에 앉아서 신발 바닥으로 나무 도르래를 이리저리 굴려 보거나 돌가루를 으깨어 보기도 했다. 궐련을 문 채 물소리를 듣기도 하고, 잠시 정적과 서늘함을 즐기다가 그곳을 떠나곤 했다. 그런 길에서 공장주를 만난 적은 거의 없었다. 그 사람을 만나고 싶을 때면 — 그럴 때가 매우 자주 있었다 — 나는 졸음에 겨운 듯 정적이 깃든 그의 조그만 살림집으로 걸음을 옮겨 행랑에서 장화에 묻은 흙을 털어 내고 기침을 했다. 그러면 주인 람파르트 씨나 그의 딸이 내려와서 밝은 거실 문을 열어 주며 나에게 의자와 와인 한 잔을 권했다.

나는 거실의 묵직한 탁자 머리에 앉아 와인 잔을 홀짝거리며 손가락으로 잔을 이리저리 돌렸다. 대화를 시작하기까지는 항상 어느 정도 시간이 걸렸다. 집주인과 그의 딸이 합석하는 일은 극히 드물었는데, 두 사람 다 이야기의 실마리를 먼저 끄집어내는 일은 없었다. 이 사람들에게는 그리고 이 집에서는 밖의 일상적인 이야기는 결코 그 어떤 것도 주제가 될 수 없다는 느낌이 들었다. 반 시간 남짓 시간이 흐르면 대화는 이미 오래전에 끊겼고, 아주 신경을 썼는데도 내 술잔은 대체로 텅 비어 있었다. 두 번째 잔을 권하는 일은 없었다. 그렇다고 한 잔을 더 청할 분위기도 아니었다. 그렇게 빈 잔 앞에 앉아 있는 것이 어색해지면 결국 나는 자리에서 일어나 악수를 청하고 모자를 썼다.

이 집 딸에 관해 말하자면, 그녀를 처음 보았을 때 나에게는 그녀가 신기할 정도로 아버지를 빼닮았다는 것 말고는 눈에 띄는 게 전혀 없었다. 그녀는 아버지 키만큼 컸으며, 곧은 몸매에 아버지처럼 검은 머리카락을 지니고 있었다. 눈도 아버지를 닮아 검고 은은해 보였으며, 날카로운 콧날과 조용하고 예쁜 입술도 아버지의 모습이었다. 그녀의 걸음걸이도 남자의 걸음걸이를 어떻게 그렇게 닮을 수 있을까 할 정도로 아버지의 걸음걸이를 닮았으며, 목소리조차도 아버지를 닮아 근엄하고 듣기가 좋았다. 그녀는 악수할 때도 아버지와 똑같은 몸짓으로 손을 내밀었고, 아버지와 마찬가지로 상대방이 먼저 말을 꺼낼 때까지 기다렸다. 의례적인 물음에는 아버지와 마찬가지로 담담하고 짧게, 뜻밖의 질문이라는 표정으로 대답했다.

그녀는 알레만 족이 거주하는 변경 지역 사람들에게서 자주 볼 수 있는 그런 형의 미인이었는데, 이 아름다움은 근본적으로 외모의 균형 잡힌 힘과 무게에 근거하고 있었지만, 훤칠한 키와 갈색 얼굴빛과도 무관하지 않았다. 처음에 나는 예쁜 그림을 보듯 그녀를 바라보았으나, 나중에는 아름다운 처녀의 의연함과 성숙함이 점점 더 나를 사로잡았다. 내 사랑은 그렇게 시작되었으며, 그것은 어느새 내가 지금까지 경험해 보지 못한 열정으로 자라났다. 이러한 내 사랑의 감정은 내가 그 집에 들어설 때마다 느껴지는 이 처녀의 진중한 태도와 집 안 전체에 흐르는 조용하고 서늘한 분위기가 아니었다면 아마도 곧 겉으로 드러났을 것이다. 이런 분위기가 가벼운 마취제처럼 나를 에워쌌기에 나는 감정을 억제할 수밖에 없었다.

　그녀나 그녀의 아버지와 마주 앉기만 하면 불타오르던 내 감정은 어느새 수줍은 듯 작은 불꽃으로 잦아들었다. 그럴 때마다 나는 이러한 속내를 애써 숨기곤 했다. 이 방 역시 사랑에 성공한 젊은 기사가 마침내 무릎을 꿇고 프러포즈를 할 수 있는 무대가 아니었다. 조용한 힘이 지배하는 곳이며, 근엄한 삶의 한 조각이 엄숙하게 유지되고 감내하는 장소 같았다. 이런데도 나는 이 처녀의 조용한 삶의 뒤편에서 절제된 삶의 충만함과 역동성을 감지했다. 이러한 그녀의 내면은 그녀가 어떤 대화에 활기차게 끼어들 때 보여 준 잽싼 동작과 불현듯 불꽃이 이는 그녀의 눈길에서 일순간 감지되었다.

　'아름답고 근엄한 이 처녀의 본색은 어떤 것일까?' 하고 나는 여러 차례 골똘히 생각해 보았다. 그녀는 근본적으로 열정적인 성격을 지녔거나 우울하거나, 그도 아니면 정말 냉담한 성격을 지니고 있었는지도 모르겠다. 어쨌거나 밖으로 드러난 그녀의 모습은 결코 그녀의 참모습이 아니었다. 겉으로 보기에는 그녀가 아주 자유롭게 판단하고 독립적인 삶을 사는 것 같았지만, 사실상 그녀는 아버지의 절대적인 지배를 받고 있었다. 내 느낌엔 그녀의 진정한 내적 본성이 사랑의 문제에서조차도 일찍이 아버지의 영향력으로 억눌려 변형을 강요당한 것 같았다. 그런 과정에서 아마도 그녀는 아버지로부터 벌도 많이 받은 것 같았다. 아주 드문 일이기는 하지만 때로 부녀가 한자리에 있는 것을 보노라면, 본의 아니게 나도 그 독재자의 영향력을 함께 느끼는 것 같았다. 그럴 때마다 나는 부녀간에 끈질기고 치열한 암투가 벌어지고 있는 것이 아닌가 하는 막연한 느낌이 들었다. 이런 일이 내 삶의 주변에서 일어난다고 생각할 때마다 나는 가슴이 두근거리고, 가벼운 전율을 느꼈다.

람파르트 씨와의 친교는 조금도 진전이 없었으나, 리파하 저택의 관리인 구스타프 베커와의 교제는 날로 만족스러워졌다. 심지어 우리는 얼마 전에 장시간에 걸쳐 이야기를 나누고 나서 형제 결의를 위한 술까지 마셨다. 내 사촌은 극구 반대했지만 나는 베커와의 이런 교제에 적지 않은 자부심을 느꼈다. 베커는 대학을 졸업한 사람으로 나이는 서른두 살쯤 되어 보였는데, 노련하고 약은 위인이었다. 그가 사나이로서의 내 멋진 말을 대체로 빈정거리는 듯한 미소를 띠며 들을 때도 나는 별로 모욕감을 느끼지 않았다. 나는 그가 자기보다 훨씬 나이가 많고 품위 있는 사람들을 만날 때도 똑같은 미소로 대하는 것을 보았기 때문이다. 그는 그렇게 행동할 만했다. 그는 독립한 관리인인 데다 아마도 장래에 이 지역의 큰 토지를 매입할 사람일 뿐만 아니라, 주위에 있는 대부분 사람보다 정신적으로 훨씬 뛰어났다. 사람들은 그의 능력을 인정하면서도 그를 지독하게 약삭빠른 놈이라고 하며 별로 좋아하지는 않았다. 나는 그가 여기 사람들로부터 따돌림을 당한다는 느낌을 받았다. 그래서 그가 나에게 그렇게 많은 시간을 할애하는 것으로 생각했다.

물론 그가 나를 절망하게 한 적도 자주 있었다. 인생과 인간에 대해 내가 무언가 말을 꺼내면, 그는 종종 아무 말 없이 섬뜩하고 의미심장한 냉소를 지어 내가 갈피를 못 잡게 했다. 이따금 그는 세상의 모든 지혜는 우스꽝스러운 것이라고 직설적으로 내뱉기도 했다.

어느 날 저녁, 나는 구스타프 베커와 함께 〈독수리정원〉이라는 주막에서 맥주를 마셨다. 단둘이 아무런 방해도 받지 않고 잔디가 마주 보이는 탁자 머리에 앉았다. 건조하고 뜨거운 저녁이었다. 사방이 금빛 먼지로 가득 차 있었으며, 사람을 마비시킬 정도로 보리수 향기가 짙게 풍기는 가운데 햇빛은 미동도 하지 않았다.

내가 베커에게 물었다.

"저 건너 자텔바하 계곡에 있는 대리석 공장 알지?"

그는 파이프에 담배를 채우며 얼굴은 들지도 않은 채 고개만 끄덕였다.

"그런데, 그 사람 어떤 사람인 것 같아?"

베커는 웃으며 담배 파이프를 조끼 주머니에 꽂아 넣으며 말했다.

"아주 영리한 사람이지. 그래서 그 사람은 항상 입을 다물고 있는 거야. 그런데 그 사람이 자네와 무슨 상관이길래?"

"상관은 무슨 상관, 그저 물어본 거야. 인상이 좀 독특하잖아."

"영리한 사람들은 항상 그렇게 행동하지. 그런 사람들이 그렇게 많지는 않지만."

"그 밖에 다른 건? 그 밖에 그 사람에 대해 뭐 아는 거 있어?"

"예쁜 딸이 하나 있지."

"그래, 하지만 난 그걸 묻는 게 아니야. 그 사람은 왜 한 번도 마을 사람들과 어울리지 않는지 그게 궁금해서."

"마을엔 가서 뭘 하게?"

"아, 그건 그렇고. 난 혹시 그 사람이 특별한 경험 같은 걸 한 사람이 아닌가 하는 생각이 들었어."

"아, 그러니까 낭만적인 어떤 거? 이를테면 계곡의 조용한 물방아라든가,

대리석, 무언의 은둔자, 묻어 버린 행복 따위 말인가? 유감스럽지만 그런 건 아무것도 없어. 그 사람은 단지 유능한 사업가일 뿐이야."

"형이 그걸 어떻게 알아?"

"그 사람은 겉보기와 달리 교활하고 기지가 있는 사람이야. 돈 많이 벌어 놨다고."

베커는 볼일이 있다며 자리에서 일어섰다. 자기가 마신 맥주 값을 치르고 깎아 놓은 잔디밭을 곧장 질러갔다. 그가 가까운 언덕 뒤로 이미 사라진 뒤에도 그쪽으로부터 한줄기 파이프 담배 연기가 한동안 흘러왔다. 베커는 바람을 마주 보고 걷고 있었다. 외양간에서는 배를 잔뜩 채운 암소들이 게으른 울음을 울기 시작했고, 마을길에는 일과를 끝낸 농부들이 모습을 드러냈다. 주위를 둘러보니 산들은 이미 검푸른 빛을 띠고 있었으며, 하늘은 붉은빛이 아닌 녹청색을 띤 채 금방이라도 샛별이 나타날 것처럼 보였다.

관리인과 나눈 짧은 대화는 사색가인 내 자존심에 작은 상처를 입혔다. 내 자의식에는 이미 구멍이 나 있었으나 그날 저녁 하늘은 무척이나 아름다웠다. 갑자기 대리석 공장 집 딸에 대한 사랑의 감정이 나를 압도해 왔다. 하지만 다음 순간 나는 이러한 사랑의 감정은 정열만 가지고는 아무것도 이룰 수 없다는 사실을 깨달았다. 나는 남은 맥주 반잔을 마저 다 비웠다. 이제 막 별이 떠오르고, 골목 저편에서 가슴을 울리는 민요 가락이 울려 퍼져 올 무렵, 나는 체면도 모자도 모두 벤치에 내팽개쳐 둔 채 어둠이 깔린 들판으로 천천히 걸음을 옮겼다. 걸어가는 동안 내 눈에서는 걷잡을 수 없는 눈물이 흘러내렸다.

흘러나오는 눈물 사이로 나는 내 앞에 펼쳐진 여름밤의 대지를 바라보았다. 지평선 위로 논밭 이랑의 곡식이 힘차면서도 유연한 물결을 이루며 하늘을 향해 용기하고 있었다. 가장자리에서는 광활하게 뻗어 나간 숲이 숨 쉬며 잠을 자고 있었다. 뒤돌아보니 마을이 보일 듯 말 듯 가물거렸다. 불빛은 흐릿해졌으며, 소음도 잦아들고 멀어졌다. 하늘과 들판이 그리고 숲과 마을이 갖가지 초목 향기와 간헐적으로 들리는 귀뚜라미 울음소리와 한데 어우러져 살포시 나를 에워싸면서 아름답고, 즐거우면서도 슬픈 가락으로 나에게 말을 걸어 왔다. 별들만이 어스름한 창공에서 초롱초롱 빛을 발하며 꼼짝 않고 쉬고 있었다. 움츠러들면서도 강렬하게 불타오르는 욕망과 동경이 내 심장에서 고개를 쳐들었다. 그것이 새로운 미지의 기쁨과 고통을 향한 욕망인지, 아니면 유년 시절의 고향으로 되돌아가 아버지의 정원 울타리에 기대어 돌아가신 부모님의 음성과 죽은 우리 집 개가 짖는 소리를 들으며 실컷 울어 보고 싶은 마음인지는 알 수 없었다.

　나도 모르게 어느새 나는 숲속으로 들어와 있었다. 메마른 나뭇가지와 후텁지근한 어둠을 헤치고 나오자 문득 눈앞이 탁 트이면서 환해졌다. 그러고 나서 나는 자텔바하 협곡 위에 있는 키 큰 전나무들 사이에 들어서서 한참서 있었다. 아래쪽으로 람파르트 저택이 눈에 들어왔다. 이 저택은 담색을 띤 대리석 더미와 강물에 부딪혀 쏴쏴 소리를 내는 어둡고 좁은 제방을 끼고 있었다. 나는 문득 이러고 서 있는 자신이 부끄러웠다. 얼른 발길을 돌려 들판을 가로지르는 지름길을 택해 집으로 돌아왔다.

　다음 날이었다. 구스타프 베커는 이미 내 비밀을 눈치채고 있었다. 그가 운을 뗐다.

　"딴소리하지 말게. 자넨 람파르트 딸한테 빠져 버린 게 틀림없어. 너무 불행하다고 생각 말게. 내 분명히 말해 두지만, 자네 나이에는 앞으로도 종종 그런 일을 겪게 될걸세."

내 자존심은 벌써 힘차게 되살아나 있었다. 나는 그에게 응수했다.

"아니야, 형. 형은 날 과소평가하고 있어. 그런 소꿉장난 식 연애는 이미 졸업했어. 모든 걸 다 신중하게 재보고, 이토다 더 나은 결혼은 없을 거란 결론을 얻었단 말이야."

베커가 웃어 댔다.

"결혼이라고? 자네 참 엉뚱한 친구로군."

그의 말에 나는 정말 화가 났지만 꾹 참고 관리인에게 이 문제의 자초지종과 내 생각과 계획을 이야기해 주었다.

"자넨 한 가지 중요한 사실을 잊고 있네."

그가 진지하게 힘 있는 어조로 말했다.

"자넨 람파르트 집안과 맞지 않아. 그 사람들은 별난 사람들일세. 연애는 서로 좋아하면 누구하고도 할 수 있지만, 결혼 상대자란 결혼 후에도 함께 어울려 보조를 맞출 수 있는 사람이라야 하는 거야."

그때 내가 얼굴을 찡그리며 완강하게 그의 말을 제지하려 하자 그는 또다시 발작적으로 웃음을 터뜨리며 말했다.

"그렇다면 서두르게, 이 사람아. 잘해 보라고!"

그날 이후로 나는 그 사람과 얼마 동안 그 일에 관해 이야기를 몇 번 나누었다. 그가 여름철이면 늘어나는 일로 시간이 여의찮아 우리는 거의 모든 대화를 귀갓길에 들판이나 마구간 혹은 창고에서 나누었다. 그와 얘기를 나누면 나눌수록 내 생각은 더욱 명료해지고 확실해졌다.

그러나 대리석 공장에 들어서기만 하면 매번 가슴이 먹먹해지는 것이 목표로부터 내가 얼마나 멀리 벗어나 있는지를 깨닫곤 했다. 그 처녀는 한결같이 친절하고 조용한 태도로 나를 대했지만 어딘지 남자 같은 데가 있었다.

그러한 그녀의 모습이 내게는 고귀하게 보이면서도 한편으로는 나를 주눅 들게 했다. 이따금 그녀가 나와 만나는 것을 좋아하고, 그녀가 나를 은밀히 사랑한다는 생각이 들기도 했다. 때론 그녀가 넋 놓고 나를 꼼꼼하게 훑어보았다. 그럴 때마다 그녀는 마치 그런 행동을 즐기는 것 같기도 했다. 내가 신중하게 말을 건네기라도 하면 그녀는 사뭇 진지하게 내 말을 받아들이기도 했으나, 내심으로는 분명 다른 의견을 지닌 것 같았다.

언젠가는 그녀가 말했다.

"여자들에게는, 아니 적어도 나에게는 인생이란 것이 다르게 보여요. 우리는 여러 가지 일을 해야 하고, 남자라면 달리 할 수 있는 것도 우리는 그냥 덮어 둬야 해요. 우리는 그렇게 자유롭지 못해요……."

그녀의 말을 듣고 나는, 모든 사람은 각자 자신의 운명을 자기 손에 쥐고 있으며, 전적으로 자기 작품인 인생을, 자기 것인 인생을 스스로 창조해 나가야 한다고 말했다. 그러자 그녀가 말했다.

"남자라면 아마 그렇게 할 수도 있겠죠. 확실히는 모르겠지만 말이에요. 하지만 우리는 그렇게 할 수 없어요. 우리도 무언가 우리의 인생을 만들어 갈 수 있겠죠. 하지만 우리는 자신의 길을 걷기보다는 우리에게 주어진 불가피한 것을 이성을 가지고 묵묵히 인내하는 것이 더 유익해요."

내가 다시 반론을 제기하면서 그녀에게 듣기 좋은 얘기들을 몇 마디 늘어놓자 그녀는 온화한 표정을 짓더니 조금은 열정적인 어조로 말했다.

"당신은 당신의 생각을 고수하시고 내 생각은 내 생각대로 내버려 두세요! 선택의 자유가 있다면 인생에서 가장 아름다운 것을 찾아내는 건 결코 그렇게 대수로운 일이 아니에요. 하지만 도대체 누가 선택권을 가지고 있단 말이에요? 만약 당신이 오늘 아니면 내일 차바퀴에 깔려 팔과 다리를 잃는다면,

당신은 그 허황된 생각을 가지고 뭘 어떻게 하시겠어요? 당신에게 불어닥친 운명과 화해하는 법을 배워 두었더라면 좋겠지요. 행운을 붙잡으세요. 축하해 드릴 테니까. 꽉 붙잡으시라고요!"

그녀가 지금까지 그렇게 생기발랄한 적은 없었다. 그러더니 조용한 얼굴로 야릇한 미소를 지었다. 그러고는 내가 일어나 오늘은 이만 작별해야겠다고 하는데도 나를 붙잡지 않았다. 나는 종종 그녀의 말에 신경을 쓰게 되었다. 대체로 전혀 예기치 않은 순간에 또다시 그녀의 말이 뇌리에 떠오르곤 했다. 리파하 정원에서 나는 내 친구와 이 문제에 관해 이야기하려고 했다. 그러나 베커의 차가운 눈과 비웃으려고 비쭉거리는 그의 입술을 볼 때마다 얘기하고 싶은 기분이 사라졌다. 람파르트 양과의 대화가 점점 사적으로 접어들면 들수록 그녀에 대한 이야기를 관리인과 나누는 기회도 점점 줄어들었다. 그렇지 않아도 그는 그 이야기에 전혀 관심이 없는 것 같았다. 고작해야 이따금 그는 내가 여전히 대리석 공장에 드나드느냐고 물으면서 빈정대고는, 그의 천성대로 나를 달래곤 했다.

한번은 놀랍게도 나는 그를 은둔자 람파르트의 집에서 만났다. 내가 집 안에 들어섰을 때 그는 거실에서 예의 그 와인 잔을 앞에 놓고 집주인과 나란히 앉아 있었다. 그의 잔이 비었을 때 그에지도 주인이 두 번째 잔을 권하지 않는 것을 보고 나는 일종의 안도감을 느꼈다. 그가 자리에서 일어서고, 람파르트도 바쁜 것 같고, 또 그의 딸도 없었기 때문에 나도 그를 따라나섰다.

우리가 밖으로 나왔을 때 나는 그에게 물었다.

"어쩐 일로 여기에 다 왔어? 람파르트를 잘 아는 것 같더군."

"그런 편이랄까."

"그 사람과 무슨 볼일이라도 있었어?"

"돈 거래가 있네. 그런데 그 어린 양은 오늘 집에 없었나 봐, 그렇지? 자네 방문 시간이 그렇게 짧은 걸 보니 말이야."

"아, 그 얘기는 그만둬!"

그사이에 나는 그 처녀와 아주 친밀한 우정 관계를 맺게 되었다. 하지만 나는 계속해서 점점 깊어져 가는 내 연심을 의식적으로 알리려 들지는 않았다. 그런데 갑자기 그녀의 태도가 내 기대에 어긋나게 돌변했다. 또다시 모든 희망이 일시에 사라졌다. 그녀는 원래 수줍은 성격이 아니었는데, 우리의 관계를 예전의 그 서먹서먹한 상태로 되돌려 놓으려는 것 같았다. 그녀는 우리의 화제를 외적이고 일반적인 방향으로 묶어 두려고 했으며, 이제 막 시작된 나와의 진심 어린 교제를 더 이상 진척시키지 않으려고 애썼다.

나는 생각에 생각을 거듭하며 숲속을 헤매 다녔고, 수천 가지 바보 같은 억측에 빠져들기도 했다. 그녀를 대하는 내 태도에 자신감이 없어지면서 걱정과 의혹이 쌓여 갔다. 이는 내 행복 철학 전반에 대한 조롱이었다. 그러는 동안 방학도 반 이상 지나갔다. 나는 남은 날들을 헤아리기 시작했고, 쓸데없이 돌아다니며 허비한 날들을 질투심과 절망감에 차서 되돌아봤다. 지나간 날들이 더없이 중요하고 돌이킬 수 없는 것처럼 생각되었다.

그러던 어느 날, 심호흡과 더불어 놀랍도록 내가 모두를 얻은 것 같은 기분이 드는 순간이 왔다. 나는 행복의 정원 문, 그 열린 문 앞에 서 있었다. 대리석 공장을 지나가다가 헬레네가 정원의 키 큰 달리아 꽃밭 사이에 있는 것을 보았다. 나는 안으로 들어가 인사를 건네고 그녀가 쓰러진 관목 한 그루를 세워서 버팀목에 묶어 주는 일을 도왔다. 내가 그곳에 머문 시간은 길어야 십오 분 정도였다. 내가 들어갔을 때 그녀는 깜짝 놀라서 어찌할 바를 몰라 했으며, 평소보다 더 수줍어했다. 그녀의 수줍어하는 모습에서 나는 무언가 분명하게 읽어 낼 수 있는 글자를 본 것 같았다. 그녀가 나를 사랑하고 있다는 느낌이 거듭거듭 들었다. 갑자기 자신감이 들면서 기분이 상쾌해졌다. 나는 키가 크고 풍채가 좋은 그 처녀를 사랑스러운 눈으로, 그리고 한편으로는 동정 어린 눈으로 바라보다가, 당황해하는 그녀를 보호해 주기 위해 나는 아무것도 못 본 척했다. 잠시 뒤 그녀에게 악수를 청하고 뒤도 돌아보지 않고 곧장 걸어 나오는 동안 나는 영웅이라도 된 기분이 들었다. 그녀가 날 사랑한다는 느낌이 내 온몸으로 전해졌다. 내일이면 모두 다 잘되리라.

또다시 화창한 어느 날이었다. 걱정과 흥분으로 한동안 나는 아름다운 계절의 감각을 잃어버린 채 맹목적으로 이곳저곳을 쏘다녔다. 숲은 햇빛을 받아 온몸을 떨고 있었고, 냇물은 검은색, 갈색 그리고 은빛으로 반짝였으며, 먼 곳 풍경은 밝고 온화한 색조를 띠었다. 들길에서는 농부 아낙들의 치마가 붉고 푸르게 웃고 있었다. 나는 경건할 정도로 기뻐서 나비조차 잡을 기분이 들지 않았다. 뜨거운 언덕길을 올라가 위쪽 숲 가장자리에 몸을 눕히고 비옥한 들판 너머로 멀리 둥그스름한 슈타우퍼 산 쪽을 바라보았다. 정오의 태양에게 몸을 맡긴 채 아름다운 세상과 나 그리고 모든 것에 가슴 깊이 만족했다.

나는 이날을 마음껏 즐기고 꿈꾸고 노래했다. 멋진 하루였다. 심지어 저녁에 〈독수리정원〉에서 오래된 최고급 레드와인을 반 리터나 마셨다.

그러나 다음 날 대리석 공장 사람들을 찾았을 떠, 그곳은 모든 게 옛날의 그 서늘한 분위기 그대로였다. 거실과 가구 그리고 침착하고 근엄한 헬레네를 보았을 때 내 확신과 승리감은 깡그리 사라졌다. 나는 가련한 나그네처럼 계단에 걸터앉아 있다가 정신을 차린 뒤, 비참한 심정으로 비 맞은 개의 몰골로 그곳을 떠났다. 무슨 일이 일어난 건 아니었다. 헬레네는 심지어 아주 친절하기까지 했다. 하지만 어제의 그 감정은 더 이상 아무것도 남아 있지 않았다.

그날부터 내 가슴은 온통 쓰디쓰게 저려 왔다. 나는 행운의 축포를 너무 일찍 쏘아 올린 것이다.

동경이 걸신들린 듯이 나를 좀먹어 들어왔다. 잠도, 영혼의 안식도 사라져 버렸다. 내 주위의 세상이 침몰했고, 나는 홀로 떨어져 고독과 침묵에 갇혀서 내 열정이 내지르는 여리고 커다란 외침밖에는 아무 소리도 듣지 못했다. 나는 큰 키에 아름답고 근엄한 그 처녀가 내게로 와서 내 가슴에 몸을 기대는 꿈을 꾸었다. 나는 울고불고하면서 허공으로 팔을 뻗어 보기도 하고, 밤낮으로 대리석 공장을 어슬렁거리며 맴돌기도 했다. 그 안으로 들어가는 것은 이제 엄두도 낼 수 없었다.

관리인 베커의 신심이 결여된 냉철하고 조소 섞인 설교를 이의 제기 없이 잠자코 들어 봐도 아무런 도움이 되지 않았다. 여러 시간을 거듭하여 뜨겁게 불타오르는 들판을 달리거나, 이가 떨리도록 차디찬 숲속 냇물에 몸을 담가 보아도 아무 소용이 없었다. 토요일 저녁에 마을에서 벌어지는 싸움판에 끼어들어 온몸에 멍이 들도록 얻어맞아도 아무 소용이 없었다.

시간은 유수와 같이 흘러갔다. 이제 방학이 끝날 날도 이 주밖에 남지 않았다. 아니, 남은 날이 열이틀! 열흘! 이 기간에 나는 대리석 공장에 두 번 다녀왔다. 한 번은 그녀의 아버지만 만났다. 나는 그와 함께 톱날 쪽으로 가서 새 석재가 톱날에 갈리는 것을 넋 놓고 바라보았다. 람파르트 씨가 무언가를 가져오기 위해 저장 창고로 건너가서는 한참 동안 돌아오지 않았다. 나는 달아나듯 그곳을 빠져나왔다. 그러고는 두 번 다시 그곳에 가지 않겠다고 다짐했다.

그런데도 이틀 후에 다시 그곳에 갔다. 헬레네가 예전처럼 나를 맞이했다. 나는 그녀로부터 눈을 뗄 수가 없었다. 내가 심란하고 걷잡을 수 없는 기분에 생각 없이 썰렁한 농담과 재미없는 얘깃거리들을 마구 늘어놓자 그녀가 화를 냈다.

"오늘 당신 왜 그래요?"

마침내 그녀가 예쁜 표정을 지으면서 허심탄회하게 물어와 내 심장이 다시 뛰기 시작했다.

"뭐가 어때서요?"

나도 모르게 억지웃음을 지으려 애쓰고 있었다. 그 어설픈 웃음이 마음에 들지 않았는지 그녀는 어깨를 한번 으쓱하고는 슬픈 표정을 지었다. 그 순간 나는 그녀가 나를 좋아하고 나를 받아들이려고 하기에 슬픈 표정을 지었다고 생각했다. 잠시 나는 가슴이 답답해서 침묵했다. 그런데 도깨비가 씌었는지 나는 또다시 멍청한 기분에 빠져들면서 수다를 떨기 시작했다. 한마디 한마디가 나 자신을 괴롭혔을 뿐 아니라 그녀의 화를 돋우었다. 나는 아직 어리고 어리석기 그지없었다. 내 고통과 몰지각한 우둔함을 연극처럼 즐기고 있었다. 입을 다물고 헬레네에게 진심으로 사과하는 대신에 치기가 넘쳐 그녀와 나 사이의 간격을 의식적으로 더 벌려 놓았으니 말이다.

나는 황급히 와인을 들이켜다 사레가 들려 기침을 해 대고는 일찍이 없던 비참한 기분으로 그 집을 나왔다.

이제 방학이 여드레밖에 남지 않았다.

무척이나 멋진 여름이었다. 온통 희망에 가득 차 유쾌하게 시작된 여름이었다. 그러나 이제 나의 기쁨은 사라져 버렸다. 남은 여드레를 어떻게 소일해야 할 것인가? 내일이라도 당장 떠나기로 결심했다.

하지만 떠나기 전에 그 집에 한 번 더 들르기로 마음먹었다. 건실하고 고귀하고 아름다운 그녀를 바라보면서, '나는 당신을 사랑하건만, 왜 당신은 그런 나를 가지고 놀았습니까?'라고 묻고 싶었다.

우선 나는 리파하 저택의 구스타프 베커에게로 갔다. 최근에는 이 사람 만나는 일을 좀 게을리했던 터였다. 나는 살풍경한 그의 큰 방으로 들어갔다. 그는 매우 좁고 키 높은 탁자에 서서 편지를 쓰고 있었다.

"형에게 작별 인사하러 왔어. 아마 내일쯤은 떠날 것 같아. 이제 다시 열심히 공부해야 하니까."

그런데 놀랍게도 관리인은 농담을 전혀 하지 않았다. 그는 내 어깨를 토닥토닥 두드려 주고는 동정 어린 미소를 지으며 말했다.

"그래, 그래. 그럼 잘 가게, 친구!"

그런데 내가 막 문밖으로 나서려는 순간, 그가 나를 다시 방 안으로 불러들이고 말했다.

"내 말 좀 들어 보게. 자네 일은 참 안 됐네. 그 처녀와 이루어지지 않으리라는 걸 난 진작부터 알고 있었단 말이야. 그런데 자넨 아직도 줄기차게 그 허튼 신념에 매달려 있군그래. 그거 꽉 붙잡고 놓지 말게나. 대가리가 깨져도 말이야!"

그때가 아직 점심시간이 되기 전이었다.

그날 오후, 나는 자텔바하 계곡 가파른 언덕배기의 이끼에 앉아 아래쪽 개울과 공장 그리고 람파르트의 집을 내려다보고 있었다. 작별을 위한 시간이 필요했다. 꿈을 꿀 시간이 필요했으며, 생각할 시간, 이를테면 베커가 내게 들려준 말에 대해 곰곰이 생각해 볼 시간이 필요했다. 괴로운 심정으로 아래쪽 계곡과 몇몇 지붕을 내려다보았다. 냇물이 햇빛에 반짝거리고, 하얀 찻길에는 산들바람이 먼지를 일으키고 있었다. 한동안 이곳으로 되돌아오지 못할 것 같은 생각이 들었다. 그래도 이곳은 냇물이 흐르고 물레방아가 돌아가고 사람들은 예나 다름없는 삶을 계속 이어 갈 테지. 아마도 헬레네는 언젠가 내면에서 용솟음쳐 오르는 욕망을 따라 자신의 체념과 조용한 운명을 떨쳐 버리고, 굳건한 행복 아니면 고통을 추구하다가 지쳐 나가떨어지겠지? 혹시 누가 알겠는가? 내 인생 항로 역시 다시 한번 좁은 골짜기와 뒤엉킨 계곡을 벗어나 넓고 훤히 트인 탄탄대로로 접어들지, 누가 알겠는가?

하지만 그런 기대는 애당초 사라졌다. 내 생애어 처음으로 심각한 번뇌가 일었다. 이 번뇌를 물리치기에는 내 마음이 너무 나약하고 미천했다.

헬레네와는 더 이상 만나지 말고 이곳을 떠야겠다는 생각이 들었다. 분명 그렇게 하는 것이 최선책일 것 같았다. 나는 그녀의 집과 정원을 향해 고개를 끄덕이고, 그녀를 더 이상 보지 않기로 결심했다. 그러고는 저녁 무렵이 될 때까지 언덕에 누워서 이별의 시간을 향유했다.

꿈에 취한 듯 나는 그 자리에서 일어났다. 가파른 길에서 이따금 비틀거리기도 하면서 숲을 내려왔다. 그러다 내 발길이 그 집 정원에 널린 대리석 조각들을 밟는 소리를 듣고 깜짝 놀라 제정신이 들었다. 내가 그 집 현관문 앞에 서 있었다. 더 이상 보지도 두드리지도 않겠다고 생각했던 그 문 말이다. 그러나 발길을 돌리기엔 이제 너무 늦었다.

나도 모르는 새에 나는 안으로 들어가 어둠이 깔리는 방 안의 탁자에 앉았다. 헬레네는 맞은편에 창을 등지고 앉아 있었다. 그녀는 말없이 방 안을 응시하고 있었다. 내 생각에는 내가 이미 오랫동안 거기에 앉아 있었던 것 같았다. 그렇게 말없이 몇 시간 동안 웅크리고 앉아 있었던 것 같았다. 나는 깜짝 놀라 일어서면서 문득 이것이 정말 마지막이라는 사실을 깨달았다.

"그래요. 작별 인사하러 왔어요. 방학이 끝났거든요."

"아, 그래요?"

다시 침묵이 흘렀다. 일꾼들이 창고에서 작업하는 소리가 들려왔다. 바깥 거리에서는 느린 화물차 소리가 모퉁이를 돌아 사라질 때까지 들려왔다. 화물차 소리를 오래오래 더 듣고 싶었는지도 모르겠다. 하지만 나는 갈 채비를 위해 자리에서 벌떡 일어났다.

나는 창 쪽으로 건너갔다. 그녀도 자리에서 일어나 나를 바라보았다. 그녀의 시선은 견고하고 진지했으며, 내게서 한참 떠나지 않았다.

"잊지 않고 계시겠지요? 그때 정원에서 있었던 일 말이에요."

"네, 잊지 않았어요."

"헬레네, 그때 내가 말했죠, 당신은 나를 사랑한다고. 그런데 지금 난 떠나야 해요."

그녀는 내가 내민 손을 잡더니 나를 창가로 끌고 갔다.

"얼굴 한번 보게 해 줘요."

그녀가 말하면서 왼손으로 내 얼굴을 쳐들었다. 그녀는 자기 두 눈을 내 눈에 가까이 들이대더니 이상하리만치 뚫어지게 쳐다봤다. 그녀의 얼굴이 아주 가까이 다가와 있어서 나는 어쩔 수 없이 그녀의 입술에 내 입술을 갖다 댔다. 그러자 그녀는 눈을 감고 내 키스에 응했다. 나는 그녀를 힘차게 끌어안고 나직하게 물었다.

"왜 오늘에야 비로소 날 받아들이는 거지?"

"아무 말 하지 말아요! 이제 가세요. 갔다가 한 시간 후에 다시 와요. 난 저쪽에 가서 사람들 뒤치다꺼리를 해야 해요. 오늘은 아버지가 안 계시거든요."

나는 그곳을 떠나 계곡 아래쪽을 향해 발길을 옮겼다. 그런데 어느덧 눈부시게 밝은 구름 사이로 펼쳐진 낯설고 이상한 지역으로 들어섰다. 이곳에서는 꿈결처럼 이따금 자텔바하의 냇물 소리만 들려왔다. 나는 멀고 먼 아득한 시절, 그러니까 내 유년 시절의 우스꽝스럽고도 감동적인 장면들을 떠올렸다. 어렴풋한 형체를 띠고 구름 속에서 나타났다가 내가 미처 알아보기도 전에 다시 사라져 간 것들에 관한 이야기들이 떠올랐다. 걸어가면서 나는 혼자 노래도 흥얼거렸으나 흔한 유행가 가락이었다. 낯선 지역을 이리저리 헤매다가 문득 나는 기이하고 감미로운 온기가 가슴속에 스며드는 것을 느꼈다. 키 크고 건장한 모습의 헬레네 생각이 떠오른 것이다. 정신을 차리고 보니 멀리 계곡 아래쪽 땅거미가 깔리기 시작하는 곳에 와 있었다. 나는 명랑한 기분으로 발길을 재촉해 돌아왔다.

그녀는 아까부터 나를 기다리고 있다가 저택 대문을 열고 방문으로 나를 안내했다. 우리 둘은 탁자 가장자리에 걸터앉아 손을 마주 잡은 채 아무 말도 하지 않았다. 포근하게 어둠이 깔렸다. 창문 한 짝이 열려 있었고, 숲으로 뒤덮인 산이 창 위쪽으로 보였다. 산꼭대기 숲 위로는 가늘고 긴 띠를 이룬 하늘이 희미하게 빛을 발하고, 뾰족하게 각을 이룬 전나무 우듬지가 하늘을 검게 가르고 있었다. 우리는 서로 상대의 손가락을 만지작거리고 있었다. 환희의 전율이 내 가슴을 가볍게 압박해 왔다.

"헬레네!"

"네?"

"오, 당신!"

서로를 애무하던 우리의 손가락은 마침내 조용히 멈춰 선 채 깍지를 끼고 있었다. 나는 희끄무레한 하늘 조각을 올려다보았다. 잠시 뒤 고개를 돌려보니 그녀도 그쪽을 응시하고 있었다. 그때 나는 어둠 속에서 하늘로부터 흘러내린 가녀린 빛이 그녀의 두 눈을 밝혀 주는 것을 보았다. 그녀의 속눈썹에 커다란 눈물방울이 아롱아롱 맺혀 있었다. 나는 천천히 키스로 그녀의 눈물을 씻어 냈다. 놀랍게도 그녀의 눈물은 차갑고 찝찔했다. 그 순간 그녀는 나를 자신 쪽으로 잡아당기더니 오랫동안 강렬한 키스를 하고는 일어섰다.

"시간 됐어요. 이제 가세요."

우리가 문지방에 나섰을 때 그녀가 갑자기 다시 한번 격렬한 키스를 내게 퍼붓더니 부르르 몸을 떨었다. 어찌나 세게 떨던지 나까지 떨릴 지경이었다. 그녀는 들릴락 말락 숨넘어가는 소리로 말했다.

"가세요, 가요! 이제 가란 말이에요!"

내가 문밖으로 나오자 그녀가 계속해서 말했다.

"안녕히 가세요! 그리고 더 이상 오지 말아요, 더 이상 오지 말라고요. 안녕히 가세요!"

내가 무슨 말을 꺼내기도 전에 그녀는 문을 닫아 버렸다. 걱정이 되고 무언가 마음이 개운치 않았으나 행복감이 워낙 컸던 터라 귀갓길 발걸음이 날개라도 달린 것처럼 가볍기만 했다. 나는 발소리를 크게 내며 걸었으나 내 발소리를 느끼지도 못했다. 집에 와서 나는 겉옷을 벗고 속옷 바람으로 창가에 누웠다.

그런 밤을 또 맞고 싶었다. 산들바람이 어머니의 손길처럼 나를 쓰다듬었다. 벽 위쪽에 난 작은 창문 저편에서 덩치 크고 둥그런 마로니에 나무가 소곤거리며 살랑살랑 어둠을 흔들어 대고 있었다. 이따금 들이 발산하는 향기가 밤공기에 스며들고, 멀리 무겁게 깔린 하늘 위로는 번개가 황금빛으로 떨면서 날아가고 있었다. 이따금 멀리서 천둥소리가 아득하게 들려왔다. 천둥소리는 나직하고 기이한 음향을 담고 있었는데, 먼 곳 어디서 숲과 산들이 잠결에 뒤척이거나 피곤한 잠꼬대를 읊어 대는 듯했다. 나는 왕이라도 된 것처럼 내 높은 행복의 성에서 이 모두를 내려보면서 듣고 있었다. 이 모두가 내 것이었으며, 내 깊은 즐거움에게 아름다운 휴식처를 제공하기 위해 존재했다. 내 존재가 환희 속에서 숨을 쉬며 살아나 사랑의 시구처럼 사라진다. 아니 사라지는 것이 아니라 광활한 밤을 타고 끊임없이 흘러가 잠든 대지와 멀리서 빛을 발하는 구름을 스친다. 어둠 속에서 둥그런 모습으로 떠오르는 나무와 희미한 언덕마루가 사랑의 손길처럼 내 존재를 쓰다듬는다. 이 모두를 도저히 말로 표현할 수는 없지만, 그것은 사라지지 않고 계속 내 마음속에 살아 있다. 만약에 그것을 표현할 수 있는 언어가 있다면, 나는 모든 나무 우듬지 소리와 먼 곳에서 번쩍이는 번개와 천둥의 비밀스러운 리듬 일체를 속속들이 묘사할 수 있을 것 같다.

아니, 나는 그것을 말로 표현할 수가 없다. 가장 아름답고 가장 내면적이고 가장 값진 것은 진정 말로 표현할 수 없는 법이다. 하지만 나는 그날 밤이 다시 한번 내게 오기를 바랐다.

관리인 베커와 작별 인사를 나누지 않았더라면 나는 필시 그다음 날 그를 찾아갔을 것이다. 하지만 베커를 찾아가는 대신에 나는 마을을 어슬렁거리고 나서 헬레네에게 보낼 장문의 편지를 한 통 썼다. 오늘 저녁에 그녀의 집에 가겠노라는 말과 함께 그녀에게 여러 가지 제안을 했다. 현재의 내 입장과 장래의 전망에 대해 진지하고 상세하게 적고 나서, 내가 당장 그녀의 아버지와 얘기를 나누는 것에 대해 그녀가 찬성하는지, 아니면 내가 곧 얻게 될 직장과 더불어 나의 장래가 보장될 그날까지 기다리는 것이 좋을지를 물었다. 그러고는 저녁에 그녀에게로 갔다. 이번에도 그녀의 아버지는 출타 중이었다. 며칠 전부터 그의 고객 한 사람이 이 지역에 와서 그를 만나러 갔기 때문이다.

나는 사랑하는 그녀에게 키스하고 그녀를 방으로 데리고 가서 내 편지에 관해 물었다. 편지를 받았다기에 어떻게 생각하느냐고 물었다. 그녀는 아무 말 없이 애원하는 눈빛으로 나를 바라보았다. 내가 다그치자 그녀는 내 입에 손을 갖다 대더니 내 이마에 키스를 하고는 가늘게 신음했다. 그러나 그 신음 소리가 너무 처절하게 들려서 나는 어찌할 바를 몰랐다. 내가 자상하게 이유를 물었으나 물음마다 그녀는 고개를 내젓더니, 다음 순간 고통을 떨쳐 버린 듯 유난히 부드럽고 잔잔한 미소를 띠면서 두 팔로 나를 감싸 안았다. 그녀는 어제와 똑같이 나와 함께 앉아 아무 말 없이 둘만의 분위기에 자신을 내맡겼다. 그녀는 나에게 힘껏 기대면서 머리를 내 가슴에 파묻었다. 나는 딴생각을 할 겨를도 없이 그저 느릿느릿 그녀의 머리와 이마, 뺨에 그리고 목에 열심히 키스를 해 댔다. 어찌나 열렬하게 해 댔는지 현기증이 다 났다. 그 순간 나는 벌떡 일어났다.

"그래요, 내일 당신 아버님께 얘기해야겠어요. 어때요?"

"안 돼요. 하지 말아요."

"왜 안 되는데? 두려워서 그래요?"

그녀가 고개를 내저었다.

"그럼 왜 안 된다는 건가요?"

"그만해요, 그만! 그 얘기 그만해요. 우리에게 남은 시간은 십오 분밖에 없어요."

우리는 그렇게 앉아서 조용히 포옹했다. 그녀는 나에게 몸을 맡겼지만 내가 애무할 때마다 숨을 멈추고 몸을 떨었다. 그 순간 그녀의 답답하고 우울한 심정이 내게 전해졌다. 나는 그런 그녀의 마음을 떨쳐 버리기 위해, 나를 믿고 우리의 행복을 믿으라고 그녀를 설득했다.

"그래요, 그래."

그녀가 고개를 끄덕이면서 말했다.

"그 얘기 하지 말아요! 지금 우린 행복하잖아요."

그러고 나서 그녀는 나에게 뜨겁고 강렬한 키스를 연거푸 퍼붓더니 지친 나머지 힘없이 내 팔에 몸을 의지했다. 내가 가려고 문 쪽으로 나오자 그녀는 손으로 내 머리를 쓰다듬으며 나직한 음성으로 말했다.

"안녕, 내 사랑. 내일은 오지 말아요! 아니 다시는 오지 말아요! 당신이 오면 내가 불행해진다는 걸 알고 있잖아요."

찢어지는 가슴을 안고 나는 집으로 돌아왔다. 생각에 생각을 거듭하느라 뜬눈으로 밤을 지새웠다. 그녀는 왜 나를 믿지 못하고 불행해지려는 것인가? 몇 주 전에 그녀가 한 말이 생각났다.

'우리 여자들은 당신들 남자처럼 그렇게 자유롭지 못해요. 우리는 우리에게 주어진 운명에 순종해야 해요.'

도대체 무슨 운명이 그녀를 짓누르는 것일까? 어쨌든 나는 그걸 알아내야만 했다. 그래서 아침나절에 그녀에게 쪽지를 보내고 저녁이 될 때까지 기다렸다. 공장이 가동을 멈추고 인부들이 모두 퇴근했을 무렵 나는 대리석 더미 옆 창고에서 그녀를 기다렸다. 그녀는 뒤늦게 망설이며 건너왔다.

"왜 또 왔어요? 제발 이제 그만해요. 아버지가 안에 계세요."

"아니야. 무슨 마음으로 그러는지 나에게 얘기해 봐요. 하나도 빠짐없이 털어놔 보라고. 그전에는 절대 가지 않겠어."

헬레네는 말없이 나를 쳐다보고 있었으나, 그녀의 얼굴은 그녀 뒤에 있는 대리석 평판처럼 창백했다. 그녀가 힘겨운 듯 속삭였다.

"날 괴롭히지 말아요. 아무것도 당신에게 말할 수 없어요. 아니, 말하기 싫어요. 내가 당신에게 할 수 있는 말은 떠나라는 것뿐이에요. 오늘 아니면 내일이라도 당장. 그리고 지금까지 우리 사이에 있었던 일은 모두 잊어 주세요. 난 당신 사람이 될 수 없어요."

포근한 칠월 저녁이었는데도 그녀는 추운 듯 떨고 있었다. 나는 이 순간처럼 고통스러운 느낌을 가져 본 적이 일찍이 없었다. 하지만 그렇다고 포기할 수는 없었다. 나는 재차 말했다.

"모든 걸 털어놔 보라니까. 난 그걸 알아야겠어요."

나를 바라보는 그녀의 눈길이 내 마음을 아프게 했지만 그렇다고 물러설 수는 없었다. 나는 거칠게 내뱉었다.

"말해 보라니까. 말 안 하면 이제라도 당장 당신 아버님께 달려갈 거요."

그녀는 마지못해 몸을 일으켰다. 어스름 속에 창백하게 드러난 그녀의 우수에 찬 얼굴이 그렇게도 아름다울 수 없었다. 열을 올리지는 않았지만 전보다는 좀 더 언성을 높여 그녀가 말했다.

"다시 말할게요. 난 자유의 몸이 아니에요. 당신은 날 가질 수가 없어요. 다른 사람이 있단 말이에요. 이제 됐어요?"

"아니야. 되지 않았어. 그 사람을 사랑해? 나보다 더?"

"아, 어쩌면!"

그녀가 격렬하게 소리쳤다.

"아니에요, 아니야. 난 그 사람을 사랑하지 않아요. 하지만 난 그 사람에게 약속했어요. 이제 와서 그걸 되돌릴 수는 없어요."

"왜 되돌릴 수 없다는 거요? 그 사람을 좋아하지도 않는다면서!"

"그때는 아직 당신을 모를 때였어요. 그 사람을 사랑하지는 않았지만 마음에는 들었어요. 진실한 데가 있었거든요. 그 사람 말고는 달리 아는 사람도 없었고요. 그래서 장래를 약속하고 지금에 이르렀더요. 그 약속을 어길 수는 없어요."

"그렇지 않아요, 헬레네. 그런 약속은 얼마든지 취소할 수 있어요."

"네, 그래요. 하지만 그 사람 때문이 아니에요. 아버지 때문에 그래요. 아버지의 말을 거역할 수가 없어서 그래요."

"그럼 내가 아버님께 말씀드려 볼게요."

"오, 당신 아직 어린애로군요! 내 말을 전혀 이해하지 못하고 있어요."

내가 그녀를 쳐다보자 그녀는 허탈한 웃음을 짓고 있었다.

"난 팔려 버린 거예요. 아버지와 내가 나를 팔아 버렸다고요. 돈에 홀려서요. 올겨울에 결혼식을 올려요."

그녀는 돌아서서 몇 걸음을 옮겨 놓다 다시 돌아섰다. 그녀가 말했다.

"사랑하는 이여! 힘내요! 그리고 다시 여기에 와선 안 돼요. 다시는……."

"단지 돈 때문에?"

나는 물을 수밖에 없었다.

그녀는 어깨를 으쓱했다.

"그게 어쨌다는 거예요? 아버지는 결코 되돌리지 못해요. 나와 마찬가지로 아버지도 꽉 묶여 있어요. 당신이 아버지를 몰라서 그래요! 내가 아버지를 곤경에 빠뜨리면 불행한 일이 일어나요. 자, 그러니까 말 들어요. 이성을 차리라고요, 어린애같이 굴지 말고!"

그러더니 그녀는 갑자기 소리를 버럭 질렀다.

"제발, 나를 죽이려 들지 말라고요! 지금까지는 참을 수 있었지만, 만약 당신이 다시 한번 더 나를 자극하면 그땐 정말 못 참아요……. 난 당신에게 더 이상 키스를 할 수 없어요. 그렇지 않으면 우린 모두 파멸이에요."

일순간 주위가 쥐 죽은 듯이 조용했다. 너무 조용해서 그녀의 아버지가 집 안에서 왔다 갔다 하는 소리도 들렸다.

"오늘은 아무런 결정도 내릴 수가 없어요. 그 사람이 누구인지 내게 말해 줄 수는 없겠소?"

"그 사람 말이에요? 안 돼요, 모르는 게 나아요. 아, 이제 다시 오지 말아요. 나를 위해서라도!"

집 안으로 들어가는 그녀를 나는 물끄러미 바라보았다. 나는 집에 갈 생각도 잊고 냉기 도는 하얀 대리석 위에 앉아 물소리를 들었다. 쉼 없이 물이 흘러 미끄러져 가는 소리 외에는 아무 소리도 들리지 않았다. 내 인생과 헬레네의 인생이 그리고 헤아릴 수 없이 많은 운명이 내 곁을 스쳐 계곡 아래쪽 어둠 속으로 흘러가는 것 같았다. 저 냇물처럼 무심하게 묵묵히. 저 물처럼…….

지칠 대로 지친 몸으로 밤늦게 나는 집에 돌아와서 잠을 청하고 이튿날 아침 다시 일어났다. 짐을 싸려고 결심했지만 또 잊어버리고 아침을 먹고 나서 숲속을 거닐었다. 생각을 정리할 수가 없었다. 조용한 물속에서 무언가 수포처럼 떠올랐다가 부서지고 보일 듯하다가 흔적도 없이 사라졌다.

그러니까 이제 모두가 끝장이로구나 하며 이리저리 생각해 보았지만, 끝이라는 게 구체적으로 잡히지도 않고 떠오르지도 않았다. 그것은 단지 하나의 말에 지나지 않는다고 생각하자 안도의 한숨이 나오면서 고개가 끄덕여졌다. 그러나 냉철히 생각해 보면 개운치 않기는 종전과 마찬가지였다.

저녁 무렵이 되어서야 사랑의 감정과 참담한 고통이 내 가슴속에서 잠을 깨어 나를 압도해 왔다. 하지만 이런 기분에 대해서도 딱히 그럴싸하게 명료한 판단 근거가 있는 것은 아니었다. 애써 자신을 억누르고 신중하게 시간을 재며 기다리는 대신에 나는 집을 나와 대리석 공장 근처에서 숨어서 때를 기다렸다. 드디어 람파르트 씨가 집을 나와 계곡 아래쪽 큰길로 접어들어 마을을 향해 사라지는 것이 보였다.

나는 그 집으로 건너갔다.

내가 집 안으로 들어서자 그녀가 비명을 지르며 심히 놀란 눈으로 나를 쳐다보며 신음하듯 물었다.

"왜 왔어요? 왜 또 온 거예요?"

나는 어찌할 바를 몰랐다. 창피했고, 지금처럼 비참한 적이 없었다는 생각이 들었다. 문을 아직 손에 잡고 있었지만 그렇다고 다시 나올 수도 없었다. 나는 천천히 그녀를 향해 걸음을 옮겼다. 그녀는 불안에 가득 차서 고통스러운 눈으로 나를 바라보았다.

"용서해요, 헬레네."

그녀는 여러 차례 고개를 끄덕이고 나서 방바닥을 보더니 다시 고개를 들고 되풀이해서 말했다.

"왜 왔냐고요? 아, 당신! 정말 당신!"

그녀의 얼굴과 거동을 보니 더 원숙해지고 사려 깊어지고 더 어른스러워진 것 같았다. 그녀에 비하면 나는 거의 어린애 같았다.

"자, 어쩌겠다는 거죠?"

급기야 그녀가 물으며, 억지로 웃음을 지으려고 했다. 나는 답답한 가슴으로 간청했다.

"뭐라고 말 좀 해 줘요. 그래야 내가 가죠."

그녀의 얼굴에 경련이 이는 듯했다. 곧 눈물이 쏟아질 것 같았다. 그러나 그녀는 의외로 미소를 지었다. 부드러운 미소였지만 무척이나 고통에 찬 미소이기도 했다. 그러고는 일어서서 아주 낮은 음성으로 속삭였다.

"이리 와요. 왜 그렇게 뻣뻣하게 거기 서 있어요?"

나는 한 걸음 그녀에게로 다가가 그녀를 끌어안았다. 우리는 온 힘을 다해 포옹했다. 다음 순간 나의 기쁨은 점차 불안과 공포로 그리고 참을 수 없는 흐느낌으로 변해 갔다. 그런데 그녀는 오히려 눈에 띄게 밝은 표정을 지으면서 나를 어린애처럼 쓰다듬어 주었다. 그녀는 엉뚱한 애칭을 사용해 가며 내 손을 물기도 하고 사랑에 빠진 바보 노릇을 꾸며 대기도 했다. 나의 가슴속에서는 깊은 불안감이 끓어오르는 충동과 갈등을 일으키고 있었다. 내가 아무 말도 못 하고 헬레네를 끌어안고 있는 동안 그녀는 웃기까지 하면서 거침없이 나를 애무하고 희롱했다.

"좀 명랑해져 봐요, 고드름같이 얼어붙은 양반아!"

그녀가 외치며 내 코밑수염을 잡아당겼다. 나는 노심초사해서 물었다.

"당신 이제 우리 일이 잘돼 가리라고 믿는 거야? 당신이 내 사람이 되지 않는다면……."

그녀는 두 손으로 내 머리를 바짝 잡아당기더니 코앞에서 내 얼굴을 바라보며 말했다.

"그래요, 이제 모든 게 잘될 거예요."

"그럼 내가 떠나지 않아도 되고, 내일 와서 당신 아버님과 얘기해도 된다는 건가요?"

"그래요, 이 바보. 하고 싶은 것 다 해요. 프록코트를 입고 와도 좋아요. 어차피 내일은 일요일이잖아요."

"알았어요. 프록코트 한 벌 있어요."

나는 웃었다. 그리고 나는 갑자기 어린아이처럼 명랑해져서 벌떡 일어나 그녀를 잡아끌고 이리저리 방을 휘저으면서 왈츠를 춰 댔다. 그렇게 춤을 추다 우리가 탁자 모서리에 이르렀을 때 나는 그녀를 번쩍 들어 올려 내 무릎에 앉혔다. 그녀는 이마를 내 뺨에 갖다 댔고 나는 그녀의 검고 풍성한 머리를 매만졌다. 그러나 다음 순간 그녀는 벌떡 일어나서 머리를 가지런히 하고는 손가락으로 문을 가리키며 소리를 질렀다.

"당장에라도 아버지가 들어오실지 몰라요. 우린 너무 어린애 같아요."

그녀는 나에게 연거푸 두 번이나 키스해 주고 창문턱에 있던 꽃병에서 꽃 한 송이를 빼서 내 모자에 꽂아 주었다. 저녁 무렵이었고 토요일이 돼서 그런지 〈독수리정원〉의 주점에는 손님들이 북적댔다. 나는 먹주 오백 CC 한 잔을 마시고 구주희 한 판을 한 다음 늦지 않게 집에 돌아왔다. 옷장에서 프록코트를 꺼내 의자 등받이에 걸쳐 놓고 흐뭇한 기분으로 그것을 바라보았다. 예전에 시험을 치를 때 사 놓은 것인데 그간 입지 않아 새 옷이나 다름없었다. 검정색 윤기가 도는 그 옷을 보기만 해도 근엄하고 품위 있는 내 모습이 떠올랐다. 잠자리에 드는 대신에 나는 의자에 앉아 내일 헬레네의 아버지에게 무슨 말을 해야 할지 곰곰이 생각했다. 나는 내가 어떤 모습으로 그에게 나타날지를 또렷하게 떠올렸다. 겸손하지만 위엄을 갖추어야 했다. 그가 거부하면 내가 어떻게 설득할지를 궁리해 보고, 그의 생각과 내 생각 또는 행동을 번갈아 그려 보았다. 심지어 나는 설교 연습을 하는 사람처럼 커다랗게 떠들기도 하고, 그때그때의 상황에 적합한 동작을 취해 보기도 했다. 그런가 하면 잠자리에 들어 잠이 들기 직전까지도 내일 있을 담화에 필요한 문장들을 되뇌어 보기도 했다.

드디어 일요일 아침이 왔다. 나는 다시 한번 침착하게 생각해 보기 위해 교회 종소리가 울릴 때까지 침대에 누워 있었다. 마치 시험을 치르던 날처럼 그 예복을 단정하고 깔끔하게 차려입고 예배에 참석했다. 면도도 하고 아침 우유도 마셨다. 가슴이 두근거렸다. 노심초사하면서 예배가 끝나기를 기다렸다. 예배의 종료를 알리는 종소리가 멎자 나는 천천히 일어서서 먼지가 이는 길을 피해 자텔바하 쪽 거리로 점잖을 빼가며 걸음을 옮겼다. 아직 오전이건만 거리는 이미 뜨거운 열기로 후텁지근했다. 나는 계곡 아래쪽 목적지를 향해 걸었다. 조심한다고 했는데도 프록코트와 높은 옷깃 속에서는 땀이 조금씩 배어들었다.

대리석 공장에 다다를 무렵에 놀랍게도 길과 그 집 주변에는 마을 사람 여러 명이 서서 무언가를 기다리고 있었다. 그 순간 갑자기 불안감이 엄습해 왔다. 그들은 삼삼오오 무리를 지어 마치 경매장에 온 사람들처럼 나직하게 쑥덕이고 있었다.

하지만 나는 아무에게도 무슨 일이냐고 물어볼 수가 없었다. 사람들 옆을 지나 그 집 대문으로 향했다. 두렵고 이상한 꿈속에서처럼 놀란 가슴이 두근거렸다. 문을 지나 복도 쪽으로 들어서는 순간 관리인 베커와 마주쳤다. 나는 당황해서 그에게 짤막한 인사를 건넸다. 그를 만나는 것이 나에게는 고통스러웠다. 그도 그럴 것이, 그는 내가 이미 오래전에 이곳을 떠났을 것이라고 믿고 있었기 때문이었다. 하지만 그는 그 문제에는 전혀 관심이 없는 것 같았다. 그는 긴장하고 지친 모습이었다. 게다가 얼굴도 창백해 보였다.

"어, 자네도 왔나?"

그가 머리를 끄덕이며 아주 신랄한 어조로 말했다.

"안 된 말이지만, 자네는 오늘 여기 없어도 될 사람일세."
"람파르트 씨 안에 계셔?"
나는 응수했다.
"물론이지, 아니면 그분이 어딜 가시겠나?"
"그리고 아가씨는?"
그는 손가락으로 방문을 가리켰다.
"저 안에 있다는 거야?"
베커가 고개를 끄덕였다. 내가 막 노크를 하려는 순간 문이 열리더니 한 남자가 방에서 나왔다. 그때 나는 방 안에 여러 사람이 둘러 서 있는 것을 보았다. 가구들도 제자리에서 약간 옮겨져 있었다.
순간 나는 이상한 느낌이 들었다.
"베커 형, 무슨 일이 일어난 거야? 사람들이 여기서 뭐 하는 거야? 그리고 형은 왜 여기 온 거고?"
관리인이 몸을 돌리더니 야릇한 눈으로 나를 쳐다보았다.
"무슨 일인지 모르겠다는 거야?"
그가 음성을 달리해 물었다.
"무슨 일인데? 모르겠어."
그는 내 앞으로 오더니 내 얼굴을 똑바로 쳐다보았다.
"그럼 그냥 다시 집으로 돌아가게, 친구야."
그가 나직하게, 아니 부드럽게 말하며 내 팔을 잡았다. 그 순간 질식할 것처럼 목이 잠겼다. 알지 못할 불안이 온몸을 감쌌다.
그러자 베커가 야릇한 표정으로 다시 한번 나를 훑어보고는 나직한 음성으로 물었다.

"자네 어제 그 처녀와 만났나?"

그 물음에 내가 얼굴을 붉히자 그가 격하게 기침을 해 댔다. 그러나 그 기침 소리는 신음 소리처럼 들렸다.

"헬레네가 어떻게 된 거야? 그 여자 어디 있어?"

나는 불안한 나머지 소리를 질렀다.

베커는 이리저리 서성거렸다. 마치 내가 옆에 있는 걸 잊고 있는 듯했다. 나는 계단 난간에 몸을 의지했다. 어떤 낯설고 핏기 잃은 사람들이 나를 짓누르고 조롱하면서 휘둘러 대는 것 같았다. 베커가 다시 내 쪽으로 오더니 말했다.

"따라오게!"

베커는 계단을 올라갔다. 층계가 구부러지는 지점에 이르자 그는 거기서 계단에 앉았다. 나도 그 옆에 앉았다. 프록코트가 사정없이 구겨졌다. 한순간 온 집 안이 쥐 죽은 듯 조용해졌다. 그때 베커가 말문을 열었다.

"마음 단단히 먹고 이를 악물게, 친구야. 헬레네 람파르트가 죽었네. 오늘 아침 우리가 저 아래쪽 채석장 앞 냇물에서 그녀를 건져 내기는 했네만…… 조용히 하게, 아무 말 말고! 쓰러져서도 안 되네! 이것이 장난이 아니라고 생각하는 사람은 자네 혼자가 아니란 말이네. 힘내게. 사나이답게 말이네. 그녀는 지금 저 방 안에 누워 있네. 이제 다시 예전처럼 아름답기 그지없네만, 우리가 그녀를 건져 낼 때만 해도…… 처참했어. 기가 막혔다네."

그는 말을 끊고 고개를 내저었다.

"가만있게! 아무 말도 하지 말라고! 나중에 얘기할 시간은 충분히 있으니까. 자네보다 내가 이 일에 더 깊이 관여됐단 말이네. 아니야, 그만두세. 내일 모든 걸 얘기해 줄게."

"아니야. 베커 형, 말해 줘! 난 모든 걸 알아야겠어."
나는 간청했다.
"그럼 좋아. 자세한 설명은 나중에 해 줄지. 지금 말해 줄 수 있는 건 딱 한 가지, 자네가 이 집에 아무 때나 드나들 수 있게 한 것은 자네를 좋게 봤기 때문일세. 사람 일이란 참 알 수 없는 노릇이야. 그러니까…… 난 헬레네와 약혼한 사이였네. 공개적으로는 아니었지만……."

그 순간 나는 벌떡 일어나서 있는 힘을 다해 관리인의 얼굴을 한 대 갈겨 줘야겠다는 생각이 들었다. 그도 그런 내 마음을 알아차린 것 같았다.
"그러지 말게! 아까 말했다시피, 설명은 나중에 해 줄게."
그가 침착하게 말하면서 나를 쳐다보았다.

우리는 말없이 그냥 앉아 있었다. 그간에 있었던 헬레네와 베커 그리고 나 사이의 모든 일들이 주마등처럼 뇌리를 스쳐 지나갔다. 도깨비장난 같았다. 그 얘기를 왜 내가 진작 전해 듣지 못했던가, 왜 진작 그걸 알아채지 못했단 말인가? 그랬더라면 해결책이 얼마든지 있었을 텐데! 한마디 말만 들었더라도, 조금만 눈치를 챘더라도 나는 조용히 내 길을 갈 수 있었으련만. 그랬으면 그녀가 지금 저렇게 저기 누워 있지도 않을 텐데.

내 분노는 이미 질식해 버렸다. 베커는 이미 돌아가는 상황을 모두 파악하고 있었음에 틀림없는 것 같았다. 자신감에 찬 나머지 내가 놀아나게 내버려 두었던 죗값을 그가 이제 자기 영혼의 짐으로 받아들이고 있다는 생각이 들었다. 나는 물어볼 게 한 가지 더 있었다.

"베커 형, 그녀를 사랑했어? 진정으로 사랑했냐고?"
그가 무언가 말하려고 했으나 목이 메어 말이 나오지 않는지 고개만 끄덕였다. 두 번, 세 번에 걸쳐. 그가 고개를 끄덕이는 것을 보았을 때, 그렇게 굳세고 강인하던 남자가 목이 메고, 아픈 속내를 그대로 전달하듯 밤샌 그의 얼굴에 근육이 세차게 경련을 일으키는 것을 보았을 때, 비로소 커다란 슬픔이 내게로 몰려왔다.

 한참 시간이 흘렀다. 말라 가는 눈물 사이로 올려다보니 그가 내 앞에 서서 나에게 손을 내밀고 있었다. 나는 그의 손을 꼭 잡았다. 그는 천천히 내 앞 계단을 내려가더니 헬레네가 누워 있는 거실 문을 살며시 열었다. 나는 깊은 전율을 느끼며 그날 아침, 마지막으로 그 방에 들어갔다.

가을 도보 여행

호수를 건너며

 꽤나 쌀쌀한 저녁이었다. 축축한 공기에 인적이 끊기고 일찍 땅거미가 지고 있었다. 나는 산에서 내려와 군데군데 진흙 웅덩이가 팬 가파르고 좁은 길을 지나 호숫가에 당도했다. 혼자서 추위에 몸을 떨면서. 호수 건너편 언덕에는 안개가 피어올랐고, 비는 잦아들었다. 한두 방울 빗방울이 떨어지기는 했어도 힘없이 바람에 휘둘렸다.
 호숫가 모래밭에 펑퍼짐한 보트 한 척이 자갈 위로 반쯤 끌려 올라온 채 놓여 있었다. 보트는 잘 정돈되어 있었다. 깨끗하게 페인트칠이 되어 있었고, 바닥에는 물기 한 점 없었다. 그리고 노들도 새것처럼 보였다. 보트 옆에는 전나무 널판으로 지은 대기소가 있었는데 문은 잠겨 있지 않았으나, 안에는 아무도 없었다. 문기둥에는 놋쇠로 만든 오래된 나팔이 하나 가느다란 사슬에 묶인 채 걸려 있었다. 나는 그 나팔을 불어 보았다. 끈적거리는 듯한 불쾌한 소리가 울려 나오더니 서서히 사라져 갔다. 나는 다시 한번 길고 세게 나팔을 불었다. 그러고 나서 보트에 앉아 누군가가 오기를 기다렸다.
 호수는 가볍게 일렁이고 있었다. 잔물결들이 가볍게 찰랑거리며 얇은 보트의 몸체에 부딪히고 있었다. 몸이 약간 으스스해 오는 탓에 나는 비에 젖은 풍성한 외투로 몸을 단단히 감싸고는 팔짱을 낀 채 수면을 바라보았다.
 얼핏 보기에는 우람한 바위 같지만 조그만 섬 하나가 납빛 호수 한가운데 거무스름한 모습으로 우뚝 솟아 있었다. 그 섬이 내 것이라면 나는 방 몇 채와 정사각형 모양의 탑을 저곳에 짓고 싶었다. 침실과 거실, 식당 그리고 서재가 딸린 탑을.

관리인 한 사람을 고용하여 그에게 모두 관리하게 하고, 매일 밤 맨 위층 방에는 불을 밝히도록 하리라. 매시간 내 은신처와 안식처가 나를 기다리고 있다고 생각하면서 흐뭇한 기분으로 계속 여행하리라. 먼 도시에 들르면 젊은 여인들에게 호수에 있는 내 탑에 관해 얘기해 주리라.

'거기에 정원도 있나요?' 한 여인이 물으면 나는 '이젠 아무것도 모르겠어요. 그곳을 떠난 지가 하도 오래돼서요. 그곳에 한번 가실래요?' 하고 대답하리라.

그녀는 웃으리라. 그리고 그녀의 빛나는 갈색 눈빛이 갑자기 달라지겠지. 아니, 그녀의 눈이 푸르거나 검은색일 수도 있겠지. 그녀의 얼굴과 목덜미는 옅은 갈색을 띠고, 그녀의 의상은 진홍색 바탕에 모피로 만든 술이 달려 있으리라.

그런데 웬 놈의 날씨는 이렇게 쌀쌀하단 말인가! 온몸에 짜증이 일기 시작했다.

저 검은 바위섬이 나와 무슨 상관있단 말인가? 터무니없이 작고, 새똥만도 못 한 게. 거기에다 건물을 짓는 것은 애당초 불가능한 일이다. 무슨 부질없는 생각인가? 내가 상상해 낸 젊은 여인, 그녀가 실제로 존재하고 성탑이 실제로 있어서 내가 그녀에게 그것을 보여 준다고 한들 무슨 소용이 있단 말인가? 젊은 여인이 금발을 했거나 갈색 머리를 하고 모피로 된 술, 아니 평범한 술이 달린 의상을 입었다고 한들 나와 무슨 상관이 있단 말인가? 평범한 술로도 나에겐 충분하지 않은가?

천만다행이도 나는 오로지 내 마음의 평화를 위해 모피 술이 달린 의상과 탑 그리고 섬을 포기해 버렸다. 내 불쾌한 감정이 이런 상념들을 모두 쓸어가고 나를 침묵시켰지만, 이 불쾌감은 줄어들기는커녕 커져만 갔다.

잠시 뒤 불쾌감이 다시 물었다.

"이 사람아, 넌 도대체 왜 여기 낯설고 서먹한 곳에 와서 그렇게 앉아 있는 거야? 습기와 추위에 떨면서 이 호숫가에 말이야?"

그때 자갈 밟는 소리가 들렸다. 그러더니 저음이 깔린 목소리가 나를 향해 들려왔다. 뱃사공이었다.

"오래 기다리셨습니까?"

내가 그를 도와 보트를 물 쪽으로 밀고 가는 동안 그가 물었다.

"꽤 오래된 것 같군요. 자, 이제 떠납시다!"

우리는 두 쌍의 노를 걸고 밀쳐 보고 돌려 보면서 박자를 맞춰 본 후 말없이 노를 힘차게 저었다. 사지에 온기가 돌기 시작하고 정확한 박자에 맞춰 빠르게 노를 젓는 동안, 내 정신은 맑아졌고 오한과 함께 일고 있던 불쾌감도 말끔히 사라졌다.

뱃사공은 흰 턱수염에 키가 크고 마른 체격의 노인이었다. 나는 그를 알고 있었다. 그는 몇 년 전에 여러 차례 나를 자신의 배에 태워 준 사람이었다. 그러나 그는 이제 나를 알아보지 못했다.

우리는 반 시간가량 노를 저었다. 그동안에 날이 온전히 저물었다. 내 왼쪽 노를 저을 때마다 녹슨 고리 속에서 삐걱거리는 마찰음을 냈고, 뱃머리 부분에서는 약한 파도가 불규칙적으로 공허한 소리를 내며 뱃전을 때렸다. 나는 처음엔 외투를 벗고 다음엔 상의도 벗어서 옆자리에 놓았다. 우리가 호수 건너편에 다다를 무렵에는 내 몸이 살짝 땀에 젖어 있었다.

연안에서 비쳐 오는 불빛들이 어두운 호수 굴에 반짝거리며 반사되기 시작했다. 불빛은 물 위에서 넘실거리며 원래의 불빛보다 더 밝은 빛으로 반짝거렸다. 배가 육지에 닿자 사공은 보트의 쇠줄을 두툼한 기둥에 던져 묶었다. 검은색 아치형 문에서 세관 직원이 램프를 들고 나타났다. 나는 사공에게 얼마 안 되는 뱃삯을 주고 세관 직원에게 내 외투를 검사하게 했다. 그리고 상의를 입으면서 걷어 올렸던 셔츠의 소매를 다시 내렸다.

그곳을 막 떠나려던 순간 나는 잊어버렸던 사공의 이름이 떠올라 그를 향해 외치고는 걸음을 재촉했다.

"안녕히 가세요, 로이트빈 씨."

그는 손을 눈에다 댄 채 어리둥절한 표정으로 투덜거리면서 나를 쏘아보고 있었다.

황금사자관에서

나는 호수 연안을 떠나 높은 아치형 문을 거쳐서 오래되고 조그만 도시에 발을 내디뎠다. 이 소도시에서 비로소 본격적인 내 유람 여행은 시작되었다. 나는 예전에 이 지방에서 잠시 산 적이 있었다. 갖가지 유쾌한 일과 더불어 불쾌한 일도 겪었는데, 여기저기 돌아다니며 그때의 기억을 되살려 보고 싶었다.

어둠이 깔린 거리, 창문들로부터 새어 나오는 희미한 불빛을 받으며 고풍어린 박공지붕과 옥외 계단, 돌출 창 들을 끼고 걸었다. 좁고 굴곡진 자작나무 골목에 들어서자 고색창연한 어느 귀족 저택 앞 협죽도 한 그루가 내 발길을 붙잡았다. 이 나무에는 무시무시한 경고문이 달려 있었다. 다른 집 앞 작은 휴식용 벤치와 여관 간판, 가로등 기둥이 발길을 멈추게 했다. 이미 오래전에 잊어버렸던 것들이 기억 속에 아직 남아 있다는 데 나는 놀라지 않을 수 없었다. 보금자리처럼 아담한 이 도시를 십 년 동안 한 번도 와 본 적이 없었다. 그런데 갑자기 그 옛날 진기했던 어린 시절의 기억이 모두 생생하게 떠올랐다.

나는 성이 있는 곳으로도 가 보았다. 거뭇거뭇한 성탑들과 몇 개 안 되는 붉은색 사각 창이 눈에 들어왔다. 성문은 폐쇄되었지만 가을밤 비를 맞으며 성은 의연하게 서 있었다. 당시, 보다 젊은 나이에 저녁이 되면 이 성을 지나가곤 했는데, 그때마다 나는 성탑의 맨 위층 방에 백작의 딸이 고독하게 눈물짓고 있다는 생각이 들었다. 그리하여 나는 외투와 줄사다리를 가지고 깎아지른 듯한 성벽을 타고 그녀의 창문이 있는 곳까지 올라간다. 그녀가 놀라움과 동시에 기쁨을 감추지 못하고 더듬거린다.

"구원자가 오셨군요."

"아니, 그대의 종이 왔습니다."

나는 허리 숙여 절을 하며 대답한다. 그러고 나서 그녀를 안고 세차게 흔들거리는 사다리를 타고 조심조심 내려온다. 그 순간 비명 소리, 밧줄이 끊어진다. 나는 다리가 부러진 채 도랑에 누워 있다. 내 옆에서 아름다운 그녀가 가냘픈 두 손을 비비대고 있다.

"아, 하느님, 이럴 수가? 제가 어떻게 도와 드리면 되겠어요?"

"그대 자신이나 돌보세요, 아씨. 충직한 하인이 저 문 뒤에서 그대를 기다리고 있습니다."

"하지만 당신은 어떡하고요?"

"괜찮으니 걱정 마십시오! 오늘 더 이상 당신을 에스코트해 드리지 못하는 것이 안타까울 뿐입니다."

신문을 통해 안 일이지만 그 뒤 성 내부에 화재가 있었다. 하지만 지금은 밤이라 그런지 화재의 흔적은 전혀 보이지 않고 모두가 예전 그대로였다. 나는 잠시 멈춰 서서 그 낡은 건물을 바라보다가 다음 골목으로 들어섰다.
 이 골목에는 예의 음식점을 겸한 여관이 여전히 그로테스크한 양철 간판을 단 채 의젓한 모습으로 눈길을 끌었다. 나는 숙박을 청하기 위해 여관으로 향했다.
 문에서 멀리 떨어진 거리였는데도 벌써 시끄러운 소리가 요란하게 들려왔다. 음악 소리, 고함 소리, 종업원이 이리저리 뛰어다니며 시중드는 소리, 웃음소리, 술잔 부딪히는 소리가 한데 뒤섞여 있었다. 마당에는 마구를 풀어 놓은 마차가 한 대 있었는데, 마차에는 전나무 가지와 조화로 엮은 화환 장식이 달려 있었다. 여관 안으로 들어서니 홀과 객실, 심지어 별관마저 결혼 축하객들로 가득 차 있었다. 조용히 저녁 식사를 마치고, 해 질 무렵 혼자 와인 한 잔을 기울이며 명상에 잠겨 옛날을 회상해 보고, 일찌감치 편안한 잠자리에 들고 싶었는데, 모두가 헛된 바람이었다.
 내가 문을 여는 순간 밖에 쫓겨나 있던 조그만 개 한 마리가 내 다리 사이를 뚫고 쏜살같이 안으로 달려갔다. 검은색 스피츠였다. 개는 기뻐 어쩔 줄 몰라 요란하게 짖어 대면서 식탁 밑을 지나 자신을 바라보고 있던 자기 주인에게로 돌진했다. 주인은 그때 막 연회석 앞에 서서 한바탕 연설을 하려던 참이었다.
 "…… 그러니까, 존경하는 신사 숙녀 여러분."
 그가 불그스레하게 취기가 오른 얼굴로 언성을 높여 말하려는 순간, 폭풍같이 질주한 개가 그에게 뛰어오르며 반갑게 마구 짖어 대는 통에 연설은 중단됐다. 폭소와 개를 나무라는 소리가 한데 뒤섞였다. 주인은 개를 다시 밖으로 데리고 나가야 했다. 존경하는 신사 숙녀들이 이 꼴을 바라보다가 고소하다는 듯이 히죽거리면서 축배를 들었다. 나는 옆으로 비켜서 있다가 주인이 스피츠를 제자리에 데려다 놓고 연설을 다시 시작하는 사이 별실에 모자와 외투를 벗어 놓고 나서 연회석 끝에 자리 잡고 앉았다.

식탁은 진수성찬이었다. 양고기를 열심히 먹고 있는 동안에 나는 같은 식탁에 앉아 있던 사람들로부터 결혼식에서 가장 필요한 것이 무엇인지를 들었다. 신랑 신부는 내가 아는 사람이 아니었지만, 하객 중 많은 사람들, 그들은 전부터 아는 얼굴들이었다. 이들은 등불이 나를 밝히자 내 주위로 몰려들었다. 이들 중 일부는 얼근하게 취한 상태였는데, 어떤 사람은 약간 얼굴이 변해 있었고, 어떤 이는 나이가 좀 더 들어 보였다. 진지한 눈과 예쁘장한 얼굴에 단정하게 이발하고 마른 몸매를 지녔던 소년도 다시 볼 수 있었는데, 이 친구는 이제 어른이 되어 콧수염을 기르고 시가를 입에 문 채 웃고 있었다. 인생을 키스 한 번으로 그리고, 세상을 방자한 객기로 살 수 있다고 기고만장하게 떠들어 대던 옛날의 젊은 청년들도 이제는 구레나룻에다, 부인을 동반한 채 땅값과 변경된 기차 시간표 따위에 열을 올리는 속물이 되어 있었다.

모두가 변해 있었다. 하지만 재미있는 것은 변한 것을 모두 내가 알아볼 수 있었다는 점이다. 이 홀과 맛이 좋은 이 지방산 화이트와인이 가장 덜 변한 것이 특히 반가웠다. 와인은 여전히 떫고 기분 좋은 감촉으로 입 속에서 맴돌았다. 받침다리 없는 와인 잔 속에서 노란빛을 발하는 와인을 바라보고 있노라니, 문득 그 옛날에 다니던 주점의 밤들과 주점에서 벌이던 싸움질 등 추억이 아련하게 떠올랐다. 하지만 나를 알아보는 사람은 하나도 없었다. 그래서 나는 시끌벅적한 가운데 앉아서 우연히 이곳에 들른 나그네의 한 사람으로 대화에 끼어들었다.

자정 무렵, 머그잔으로 한 잔 아니면 두 잔, 어지간히 취기가 올 정도로 마셨을 무렵, 싸움이 벌어졌다. 이튿날이면 말끔히 잊어버릴 사소한 일로 싸움이 벌어졌는데, 육두문자가 오가고, 어지간히 취한 남자 서너 명이 화가 나서 나에게 고함을 질러 댔다. 나는 이 정도에서 끝내야겠다는 생각에 자리에서 일어섰다.

"그만합시다, 여러분. 여러분과 싸울 생각 없습니다. 그리고 저기 저 신사 양반, 필요 이상으로 흥분해 계신데, 간에 이상이 있는 것 같습니다."

"어떻게 그걸 아시오?"

그가 거칠게 소리쳤지만 내심 놀란 기색이었다.

"댁의 얼굴을 보면 압니다. 나는 의사입니다. 댁은 올해 쉰이시죠? 그렇지 않습니까?"

"맞소."

"십 년 전쯤에 심한 폐렴을 앓지 않으셨던가요?"

"맙소사, 맞아요. 도대체 무얼 보고 그걸 알아맞히는 겁니까?"

"예, 훈련을 쌓으면 그렇게 되지요. 자, 그럼 안녕히 주무십시오, 여러분!"

이 말에 그들 모두가 공손하게 인사를 해 왔다. 특히 간에 이상이 있는 남자는 허리까지 굽혀 가며 인사를 했다. 나는 그와 그의 부인의 성과 이름까지 댈 수 있었다. 그만큼 그를 잘 알고 있었다. 예전에 업무가 끝난 저녁 시간이면 그와 함께 여러 가지 이야기를 나누기도 했던 터였다.

침실로 돌아와 나는 상기된 얼굴을 씻고 창가에서 지붕 너머로 펼쳐진 창백한 호수를 바라보고 나서 잠을 청했다. 서서히 사라져 가는 축제의 소음을 듣다가 피로가 몰려와 잠이 들었다. 아침까지 깨지 않고 단잠을 잤다.

폭풍

 다음 날 아침 그리 이르지 않은 시간에 일어나 떠날 채비를 할 무렵, 대기에는 폭풍의 기운이 감돌았다. 하늘에는 잿빛과 담자색을 띤 구름이 잔뜩 끼어 있었다. 여관을 나서자 거센 바람이 나를 맞이했다. 얼마 걷지 않아 언덕 꼭대기에 다다라 소도시를 내려다보았다. 성과 교회 그리고 조그만 보트 선착장이 한눈에 들어왔다. 이것들은 마치 장난감처럼 연안에 잇대어 펼쳐져 있었다. 이곳에 살던 옛 시절의 우스운 이야기들이 떠올라 나는 웃었다. 사실 내색은 하고 싶지 않았으나 여행 목적지에 차츰차츰 가까워질수록 마음이 답답하고 우울해져서 그런 우스운 일들을 일부러 떠올릴 필요가 있었다.
 차갑고 세찬 바람을 맞으며 걸으니 기분이 상쾌했다. 거센 바람 소리를 들으며 산마루를 걷는 사이에 시야가 점점 더 넓어지고 광활해졌다. 이 장관에 나는 넋을 잃을 지경이었다. 북동쪽으로부터 하늘이 밝아왔다. 그쪽으로 시선을 돌리니 시야가 탁 트이며 멀리 푸른 산맥이 멋진 조화를 이루며 길게 뻗어 있었다.
 높이 오르면 오를수록 바람이 드세졌다. 바람은 가을바람답게 얄궂은 음성으로 노래했다. 신음 소리 같기도 하고, 웃음소리 같기도 하다가 때론 엄청난 열정이 담긴 소리를 내기도 했다. 바람의 열정에 비하면 우리 인간의 열정은 어린애 장난에 지나지 않는 것 같았다. 바람은 아직 한 번도 들어 보지 못한 태고의 언어로 마치 옛 신들의 이름을 부르듯 내 귀에 대고 소리를 질러 댔다. 바람은 온 하늘을 가로지르며, 배회하는 구름 조각들을 평행선으로 정돈했다. 평행을 이룬 이 구름 속에는 거역할 수 없이 길들인 그 무엇이 깃들어 있는 것 같았다. 산들은 이 평행 구름 아래 납작 엎드린 것처럼 보였다.

웡웡거리는 바람을 마주하고 먼 산을 바라보는 동안 조금은 답답하고 불안했던 마음이 한결 가벼워졌다. 젊은 날과의 재회를 위한 장도, 막연한 성취감을 향한 장도는 이제 길과 날씨가 내 마음에 생동감을 불어넣어 준 뒤로 더 이상 중요하게 여겨지지 않았으며, 내 마음을 지배하지도 않았다.

정오가 지난 지 얼마 되지 않아 언덕길 정상에 올라 휴식을 취했다. 나는 광활하게 펼쳐진 대지에 놀라지 않을 수 없었다. 내 눈은 탐색하듯 대지를 넘어 먼 곳을 향했다. 그곳에는 초록빛 산들이 솟아 있었고, 한참 뒤로는 푸른빛 삼림과 노란색 바위산 그리고 수천 겹으로 첩첩이 쌓인 구릉지가 보였다. 이것들 뒤쪽으로는 깎아지른 듯한 돌산과 희뿌옇게 눈 덮인 피라미드 모양의 산들이 펼쳐져 있었다. 발밑으로는 커다란 호수가 한눈에 들어왔다. 바다색을 띠고 하얀 물거품을 일으키고 있는 호수 위에는 범선 두 척이 낮은 자세로 날렵하게 미끄러져 가고 있었다. 초록과 갈색이 어우러진 호수 연안에 잇대어 황금 빛깔의 농익은 포도나무 산들과 다채롭게 채색된 숲, 반짝거리는 시골길, 과일나무로 둘러싸인 농가와 황량한 어촌, 밝고 어두운 탑들이 산재한 도시가 연이어 펼쳐졌다. 그 위로 갈색 구름이 몰려가고 있었다. 구름 사이로는 녹청색과 오팔 색으로 맑게 빛나는 조각난 하늘이 보였고, 햇살은 구름층을 부챗살 모양으로 채색하고 있었다. 모두가 움직이고 있었다. 산맥들조차도 해일이 되어 밀려오는 듯했다. 알프스 영봉들은 빛의 명도를 각기 달리해 끊임없이 불쑥불쑥 솟아오르며 도약하고 있었다.

휘몰아치는 폭풍, 질주하는 구름과 더불어 내 감정, 내 뜨거운 욕망도 날개를 활짝 펴고 거침없이 날아가 멀리 눈 덮인 산봉우리들을 감싸 안는가 하면, 다음 순간 연녹색 호숫가에서 휴식을 취했다. 오랫동안 나를 유혹해

온 방랑벽, 설렘이 저 구름처럼 변화무쌍한 색조를 띠며 내 영혼을 덮쳐 왔다. 내 인생에서 놓쳐 버린 것, 짧은 인생과 대비되는 세상의 풍요함, 실향과 망향, 이런 것에 관한 생각이 나를 슬프게 했다. 그러나 다음 순간 이 슬픔은 시공을 초월한 해방감과 교차하고 있었다.

격정이 점차 진정되어 갔다. 이제 더 이상 노래하지도 격노하지도 않았다. 뛰던 가슴이 안정을 되찾고, 드넓은 창공에 유유자적하게 떠 있는 새처럼 잠잠하게 휴식을 취했다.

나는 온기를 느끼는 가운데 미소를 지으며 굽이진 길과 숲의 우듬지 그리고 낯익은 인근 지역의 교회 탑들을 바라보았다. 아름다운 청춘의 옛 정경이 변함없는 모습으로 나를 응시하고 있었다. 어떤 병사가 지도에서 예전에 자신이 참전했던 전투 지역을 찾아내고는 안전지대에서 평온한 삶을 영위하고 있는 현재의 자신을 감격스러워하듯이, 나는 가을색이 짙어 가는 경치를 바라보며 지금 생각하면 놀랍기만 한 지난날의 숱한 어리석은 일들과 이미 거의 전설처럼 변한 지난날의 사랑 이야기를 떠올렸다.

회상

넓은 바위가 폭풍을 막아 주는 아늑하게 후미진 곳에서 나는 소시지와 치즈를 곁들인 검은 빵을 점심으로 먹었다. 거센 바람과 싸우며 두세 시간 산길을 오른 뒤 이런 빵 한입 깨무는 맛 — 이 맛이야말로 더할 나위 없는 기쁨이요, 전신을 스며드는 상쾌함이며, 진짜 소년 시절로 돌아간 것 같은 행복의 충일이었다. 내일이면 나는 율리가 첫 키스를 해 준 너도밤나무 숲의 그 장소에 다다르게 될 것이다. 율리 때문에 가입한 시민 단체 콘코르디아의 주선으로 그곳에 갔었는데, 소풍 다음 날 나는 이 단체에서 다시 탈퇴했다.

잘 되면 모레쯤 그녀를 직접 만나 볼지도 모르겠다. 그녀는 헤르쉘이라는 부유한 상인과 결혼하여 아이 셋을 뒀는데, 그중 한 아이는 그녀와 똑 닮았으며, 이름도 율리라고 했다. 그 이상은 그녀에 대해 아는 것이 없지만 그 정도만으로도 충분했다.

하지만 그녀를 떠나 일 년이 되던 해에 외지에서 그녀에게 편지로 전한 말, 당시의 내 형편에 직장을 구해서 돈을 벌게 될 가능성이 없으니 나를 기다리지 말라고 한 말은 아직도 또렷하게 기억하고 있다. 그녀는 나와 그녀의 마음을 공연히 괴롭히지 말라는 답신을 보내왔다. 이르든 늦든 간에 내가 다시 돌아올 때까지 기다리겠다는 것이다. 그러나 그 뒤 반년가량 지나서 헤르쉘과 사귀고 싶으니 자기를 잊어 달라는 편지를 그녀가 보내왔다. 편지를 읽는 순간 나는 고통스럽고 끓어오르는 분노로 편지를 쓰는 대신에 마지막 남은 돈으로 너덧 마디 사무적인 말만 전보로 보냈다. 이 말은 바다를 건너갔고 다시 돌이킬 수가 없었다.

인생이란 참으로 묘한 것이다. 우연이었는지, 아니면 운명의 장난이었는지, 아니면 절망이 용기를 주었는지, 사랑의 기쁨이 거의 산산조각 날 무렵 내 앞에는 성공의 길이 열렸고, 마술처럼 벌이도 돈도 들어왔다. 도박에서도 결코 기대할 수 없었던 것이 이루어진 것이다. 그러나 이제 와서 그게 무슨 소용이겠는가! 운명은 참으로 변덕스럽다는 생각이 들었다. 나는 이틀 밤낮에 걸쳐 양복 속주머니에 가득 들어 있던 돈을 몽땅 털어 술을 마셨다.

하지만 점심을 먹고 나서 소시지를 쌌던 빈 종이를 바람에 날려 보낼 즈음엔 그 어두웠던 추억을 더 이상 떠올리지 않게 되었다. 나는 외투로 몸을 감싸고 휴식을 취했다. 그 대신 내 옛사랑과 율리의 모습, 얼굴을 떠올렸다. 그녀의 얼굴은 갸름했으며, 기품 있는 눈썹과 크고 검은 눈을 하고 있었다. 그리고 너도밤나무 숲에 갔던 그날을 생각했다. 그녀는 조금은 저항하는 듯 천천히 나에게 몸을 맡겼다. 키스하자 그녀는 몸을 떨더니 마침내 다시 나에게 키스하고는 꿈에서 깨어난 듯이 엷은 미소를 지었다. 그녀의 속눈썹에는 아직도 눈물방울이 반짝이고 있었다.

이제 다 지나간 일들이다! 하지만 그중에서 가장 아름다운 기억으로 남은 것은 키스도 아니요, 저녁 산책도 아니고 은밀한 사랑의 밀어도 아니었다. 가장 기억에 남는 것은 그녀에 대한 사랑으로부터 분출된 힘이었다. 그녀를 위해 살고 투쟁하고 물불을 가리지 않고 뛰어들 수 있는 그런 활기찬 힘이었다. 순간을 위해서 자신을 내버릴 수 있다는 것, 한 여인의 미소를 위해 수년을 희생할 수 있다는 것, 그것이 행복이다. 바로 그것이 나에게는 잊히지 않는다.

나는 휘파람을 불며 다시 일어서서 걸었다.

길이 건너편 언덕 아래로 내려앉을 무렵 나는 넓은 호수 전망과 작별할 수밖에 없었다. 이제 막 넘어가기 직전에 있던 해는, 황금빛으로 은은하게 물든 채 서서히 자신을 뒤덮어 삼키려는 구름 떼와 싸움을 벌이고 있었다. 나는 가던 걸음을 멈추고 하늘의 찬란한 장관을 바라보면서 휴식을 취했다.

밝은 황금빛 햇살이 무거운 구름층 가장자리를 삐져나와 창공으로 그리고 동쪽을 향해 빛을 쏘아 대고 있었다. 곧이어 온 하늘이 황적색으로 물들더니 담홍빛 광채가 허공을 갈랐고, 동시에 모든 산이 암갈색으로 변해 갔다. 호숫가의 마른 갈대숲은 황야의 불길처럼 붉게 타올랐다. 그리고 나더니 황금빛은 모두 사라지고, 붉은빛이 온화하고 다감한 분위기를 자아내면서 꿈결 같이 부드러운 작은 베일 구름 주위에서 파라다이스를 연출했다. 이 빛이 수천 개의 혈관을 통해 빨간 장밋빛을 연회색 안개 층에 쏘아 대자 잿빛 안개 층은 서서히 빨간색과 뒤섞여 이루 형언할 수 없이 아름다운 담자색으로 변했다. 호수는 짙푸르다 못해 거의 검은색이 되었다. 호숫가와 연해 있는 얕은 지역의 호수 물이 연둣빛을 띤 채 또렷한 윤곽을 지닌 선으로 육지와 경계를 지었다.

고통스럽도록 아름다운 빛들의 경련이 사라질 무렵, 이들의 불꽃과 날쌘 움직임이 광활한 지평선에 여전히 매혹적인 자태를 고고하게 유지할 즈음, 나는 평야 쪽으로 방향을 틀었다. 어느새 운무가 완전히 가신 맑고 서늘한 저녁의 계곡 풍경이 시야에 들어왔다. 커다란 호두나무 아래에서 미처 거둬들이지 않은 호두열매 하나가 밟혔다. 나는 그것을 집어 들어 겉껍질을 벗기고 알맹이를 꺼냈다. 연갈색을 띤 알맹이는 싱싱하고 아직 눅눅했다. 호두알을 깨물자 강한 향기와 맛이 느껴졌다. 그 순간 불현듯 어떤 기억이 떠올라 나를 놀라게 했다. 거울 조각으로부터 빛이 반사되어 어두운 공간을 되비치는 것처럼, 이따금 현실의 한가운데에서 무로부터 발화된 — 잊고 있었던 오래전 삶의 한 조각이 불쑥 사람을 놀라게 하면서 음산한 빛을 발할 때가 있다.

아마도 십이 년, 아니면 그 이상의 세월이 지난 시점에서 처음으로 떠올린 그 기억은 나에게 고통스럽지만 값진 것이다. 열다섯 살쯤 외지에서 김나지움에 다닐 때였는데, 어느 가을날 어머니가 내게 오셨다. 나는 김나지움 학생답게 잔뜩 콧대를 세우고 아주 차갑고 거만하게 행동했고, 사소한 일 따위로 어머니의 마음을 아프게 했다. 다음 날 어머니는 다시 돌아가셨는데, 그 전에 어머니는 또 한 번 학교로 오셔서 오전 휴식 시간에 나를 기다리고 계셨다. 우리가 떠들어 대며 교실 밖으로 나왔을 때 어머니는 밖에 다소곳이 서서 미소를 띠고 계셨다. 어머니의 예쁘고 선량한 눈은 먼발치에서 벌써 나를 향해 웃고 계셨다. 그러나 나는 급우들의 눈치가 보여서 어머니에게 천천히 다가가 가볍게 고개만 끄덕이고 곧장 걸어갔다. 나에게 이별의 키스와 인사말을 건네려던 어머니는 뜻을 접고 말았다. 어머니는 잠시 슬픈 표정을 짓다가 이내 씩씩하게 미소를 짓고는 갑자기 빠른 걸음으로 길을 건너 과일장수에게로 가더니 호두 일 파운드를 사서 봉지를 나에게 주었다. 그러고는 역 쪽으로 급히 달려가셨다. 나는 어머니가 유행이 지난 조그만 가죽 핸드백을 들고 거리 모퉁이로 사라지는 것을 보았다. 어머니가 내 눈에서 사라지자마자 내 가슴은 몹시 쓰라려 왔다. 나는 어머니에게 내 어리석은 치기에 대해 눈물로 용서를 빌고 싶었다. 그때 우리 반의 한 아이가 내게로 다가왔다. 그는 처세술로는 나의 최대의 라이벌이었다.

"엄마가 주신 봉봉과자인가?"

그가 악의에 찬 미소를 띠며 물었다. 나는 거만을 떨며 그에게 봉지를 내밀었다. 그가 봉지를 받지 않자 나는 호두를 하나도 남기지 않고 전부 사 학년 꼬마들에게 나누어 주었다.

나는 화가 나서 호두를 깨물고는 땅을 덮고 있던 검은빛 나뭇잎을 향해 속껍질을 세차게 내뱉었다. 그러고는 녹청색과 황금빛을 띤 저녁 하늘을 이고 평탄한 길을 따라 계곡을 향해 걸었다. 얼마 안 가서 가을의 노란빛을 머금은 배나무와 상쾌한 마가목들을 지나 어린 전나무 숲속의 푸르스름한 빛을 통과한 다음 높게 자란 너도밤나무 숲으로 들어갔다.

고요한 마을

늦저녁 어둠이 깔린 좁고 혼잡한 숲길을 발길 닿는 대로 천천히 두 시간가량을 산책했다. 그러나 날이 점점 저물고 기온이 내려갈수록 마음이 조급해졌다. 출구를 찾았다. 하지만 활엽수 숲을 곧바로 뚫고 지나가기란 쉬운 일이 아니었다. 숲이 울창한 데다 바닥은 곳곳에 웅덩이가 파여 있었고, 날은 점차 칠흑처럼 어두워졌다.

밤중에 길을 잃은 사람에게 찾아드는 야릇한 흥분 속에서 나는 지친 몸으로 비틀거리며 길을 더듬어 갔다. 그런 가운데 자주 멈춰 서서 큰 소리로 외쳐 보고 귀를 기울였다. 사방은 온통 고요했다. 조용한 숲속의 싸늘한 장막, 올이 촘촘한 벨벳 커튼 같은 짙은 어둠이 사방에서 나를 에워쌌다. 나는 참으로 바보 같고 어리석은 짓을 하고 있었다. 그러나 이제 거의 잊고 지냈던 옛사랑과의 재회를 위해 낯설어진 지역에서 숲과 밤과 추위를 헤쳐 나가고 있다는 생각이 나에게 기쁨을 주었다. 나는 그 옛날 내가 애창하던 사랑의 노래를 나직하게 부르기 시작했다.

내 눈은 놀라서 아래를 향하고
내 심장은 모든 문을 걸어 잠그네.
은밀히 기적을 음미해 보기 위해 —
당신은 그토록 아름답다오!

이 노래를 부르기 위해 나는 수많은 지역을 떠돌아 다녔으며, 기나긴 투쟁을 하느라고 심신에 온통 상처를 입었다. 지금 어리석은 이 옛 노래를 부르기 위해, 오래전에 빛바랜 소년의 치기 어린 그림자를 따라가기 위해서 말이다! 하지만 이 길이 나에게 적지 않은 기쁨을 가져다주고 있다. 구불구불한 길을 힘들여 걸으면서도 나는 계속 노래를 불렀고, 시를 지었으며, 온갖 상상의 날개를 폈다. 결국 피곤해진 나머지 나는 입을 다물고 그냥 걷기만 했다. 그러다 굵은 너도밤나무 기둥을 더듬거리며 살펴보았다. 이 나무들은 담쟁이덩굴에 휘감겨 있었는데, 나뭇가지와 우듬지가 보이지 않는 어둠 속에서 흔들리고 있었다. 그렇게 반 시간가량 더 지났을 무렵, 나는 의기소침해지기 시작했다. 이 순간 나는 무언가 잊지 못할 소중한 경험을 했다.

돌연 숲이 사라지고 높고 가파른 절벽 앞 너도밤나무 기둥들 사이에 내가 서 있었다. 아래를 보니 광활한 숲의 계곡이 검푸른 색조를 띠며 잠을 자고 있었다. 그 계곡 중간 어디쯤 내 발아래에는 조그만 창들 예닐곱 개로부터 불그스름한 빛이 희미하게 새어 나오는 작은 마을이 조용하고 은밀하게 펼쳐져 있었다. 나지막한 집들이 활 모양으로 굽어 서로 바짝 붙어 있었다. 이 집들 중에서도 엷게 반짝이는 널찍한 너와 지붕들이 유난히 내 눈길을 끌었다. 이 집들 사이로 좁고 어두운 길이 나 있었으며, 길 끝에는 커다란 마을 우물이 있었다. 마을의 한참 위쪽 건너편 산허리로 눈길을 돌리자, 그곳에서는 교회 공동묘지의 십자가들이 희미한 빛을 발하고 있었고, 십자가들 사이로는 예배당 한 채가 고즈넉하게 홀로 서 있었다. 예배당 근처의 가파른 비탈길에서 한 남자가 램프를 든 채 산 위로 달려가는 것이 보였다. 그리고 그 아래쪽 마을의 어느 집에선가 처녀들 두셋이 힘차고 청아한 음성으로 노래를 부르고 있었다.

나는 내가 어디에 와 있으며, 이 마을 이름이 무엇인지 알 수 없었다. 그렇다고 누군가에게 그걸 물을 생각도 없었다.

산비탈의 숲이 끝나는 지점에서 내가 지금까지 걸어온 길이 끊어졌다. 그래서 나는 마을을 향해 길이 없는 가파른 목초지를 조심스럽게 내려왔다. 과수원을 지나 좁은 돌계단을 내려갔다. 옹벽을 하나 넘어서니 울타리가 나타났다. 울타리를 넘고 얕은 실개천을 건너뛰어 마침내 마을에 도착했다. 첫 농가를 지나 이미 잠들어 있는 구불구불한 골목길로 들어섰다. 곧 여관 하나가 눈에 띄었다. 〈황소관〉이란 이름이 붙은 여관이었는데, 아직 문이 열려 있었다.

일 층은 조용하고 어두웠다. 포석이 깔린 복도를 지나 계단에 다다랐다. 볼록한 난간 기둥들로 장식된 계단은 고풍스럽고 화려했다. 줄에 매달린 등잔 하나가 계단을 밝히고 있었는데, 계단을 오르니 타일 바닥으로 된 통로가 객실로 연결되어 있었다. 홀은 여유롭고 큼지막했다. 천정으로부터 매달려 내려온 등이 난로 옆에서 식탁을 밝히고 있었다. 식탁에는 농부 세 명이 와인 잔을 앞에 놓고 앉아 있었다. 어슴푸레하고 커다란 홀 한가운데에 조명을 받은 식탁은 빛의 섬 같았다.

진녹색 타일로 장식된 정육각형 난로에는 불이 피워져 있었다. 타일에는 희미한 등잔 불빛이 따사롭게 반사되고 있었고, 난로 아래에서는 검둥개 한 마리가 잠을 자고 있었다. 내가 들어서자 여주인이 인사를 건넸다.

"어서 오십시오."

농부 중 한 사람이 나를 살피듯 빤히 쳐다보았다. 그가 의심스럽다는 듯이 여주인에게 물었다.

"이분 누구예요?"

"모르는 분이에요."

나는 식탁에 앉아 인사를 건네고 와인을 주문했다. 올해 만든 햇포도주밖에 없었는데, 붉은색을 띤 그 와인은 어찌나 독한지 한 모금 넘기자마자 온몸이 화끈 달아올랐다. 나는 숙박할 방이 있느냐고 물었다.

"글쎄요, 이럴 땐 어떻게 해야 할지."

여주인이 어깨를 으쓱했다.

"방이 하나 있기는 한데, 오늘 마침 손님 한 분이 들어 계세요. 그 방에 여벌 침대도 하나 있지만 손님이 이미 잠들었어요. 댁이 직접 올라가서 그분에게 얘기해 보시든가요."

"아니, 됐습니다. 다른 장소는 없습니까?"

"장소는 있는데 침대가 없어요."

"그럼 저 난로 옆에서 자면 어떨까요?"

"원하신다면 그렇게 하시죠. 덮을 걸 갖다 드릴게요. 그리고 난로에 장작도 몇 개비 더 넣어 놓을게요. 그럼 춥지는 않으실 거예요."

나는 삶은 달걀과 소시지를 부탁했다. 음식을 먹는 동안 내 여행 목적지가 얼마나 더 남았는지 물어보았다.

"여기서 일겐베르크까지 얼마나 걸립니까?"

"다섯 시간쯤 걸릴 거예요. 저 윗방에 묵고 계신 손님도 내일 그리로 가셔요. 거기가 집이랍니다."

"아, 그래요. 그분은 무슨 용무로 이곳에 오셨습니까?"

"나무를 사러 오셨습니다. 매년 이리 오세요."

농부 세 사람은 우리 대화에 끼어들지 않았다. 그들이 저 일겐베르크 상인과 나무 판매 계약을 맺은 산림 주인과 마부라는 생각이 들었다. 그들은 분명 나를 브로커나 공무원으로 치부하고, 경계하는 눈치였다. 나도 그들에게 말을 걸지 않았다.

식사를 마치자마자 나는 안락의자에 똑바로 등을 기대앉았다. 그때 뜻밖에 얼마 전에 들었던 처녀들의 노랫소리가 들려왔다. 그녀들은 〈아름다운 정원사 부인〉이란 노래를 불렀다. 세 번째 구절에 이르러 나는 일어나 부엌문 쪽으로 가서 살며시 손잡이를 돌렸다. 거기에는 앳된 처녀 두 명과 나이가 좀 들어 보이는 여자가 타들어 가는 촛불을 밝혀 놓고 전나무 식탁에 모여 앉아 산더미같이 쌓인 콩 껍질을 까면서 노래를 부르고 있었다. 나이가 든 여자가 어떻게 생겼는지는 기억나지 않는다. 어린 처녀 둘 중 하나는 붉은빛이 도는 블론드 머리였는데, 풍풍한 체격에다 생기발랄해 보였다. 두 번째 처녀는 갈색 머리에 진지한 표정을 짓고 있었다. 그녀는 이른바 '새둥지'라고 불리는 둥그런 쪽머리를 하고 있었는데, 어린애 같은 청아한 목소리로 정신없이 노래를 부르고 있었다. 그녀의 눈에서 촛불이 반사되어 반짝거렸다.

문에 서 있는 나를 보자 나이 든 처녀는 웃었고, 붉은 머리는 얼굴을 찡그렸으며, 갈색 머리는 한동안 내 얼굴을 쳐다보더니 고개를 숙인 채 얼굴을 살짝 붉히다 더 큰 소리로 노래를 불렀다. 그들이 이제 막 새로운 곡을 시작하기에 나도 끼어들어 할 수 있는 데까지 함께 노래했다. 그러다 나는 홀로 나가 내가 마시던 와인과 세 발 달린 의자를 들고 와 다시 함께 노래를 부르면서 식탁에 끼어 앉았다. 붉은빛 금발 머리가 나에게 콩을 한 움큼 건네주기에 나도 콩 껍질 까는 일을 거들었다.

함께 많은 노래를 부르고 났을 때, 우리는 서로 쳐다보며 웃었는데, 갈색 머리 처녀의 웃는 얼굴이 유난히 예뻐 보였다. 내가 그녀에게 와인 잔을 건넸으나 그녀는 받지 않았다. 내가 약간 기분이 상해 말했다.

"자존심이 꽤 강한 아가씨로군요. 혹시 슈투트가르트 출신이 아닌가요?"

"아니에요. 그런데 왜 슈투트가르트죠?"

"왜냐고요? 다음 노래 들어 보세요.

슈투트가르트는 아름다운 도시라오.
슈투트가르트는 계곡에 있지요.
그곳엔 예쁜 아가씨가 많지만
저렇게 매몰차기 그지없답니다.

"이분 슈바벤 사람이야."
나이 든 처녀가 금발 머리에게 말했다.
"그래요, 슈바벤 출신입니다."
내가 확인해 주었다.
"그럼 아가씨는 인목나무가 자라는 고지대에서 왔군요."
"그럴지도 모르죠."
그녀가 말하면서 킥킥거렸다. 하지만 나는 갈색 머리를 계속 쳐다보며 껍질에서 까낸 콩알로 M자를 만들고 그녀의 이름이 이렇게 시작되느냐고 물었다. 그녀는 고개를 내저었다. 그래서 이번엔 A자를 만들었다. 그러자 그녀가 고개를 끄덕였다. 그때부터 나는 그녀의 이름을 추적해 가기 시작했다.
"아그네스?"
"아니에요."
"안나?"
"틀렸어요."
"아델하이트?"
"그것도 아니에요."

그렇게 여러 차례 이름을 댔으나 하나도 맞는 것이 없었다. 그런 내가 재미있는지 그녀가 즐거운 표정으로 마침내 큰 소리로 내뱉었다.

"오, 댁은 바보예요!"

그럼 이제 제발 이름을 말해 달라고 내가 간청하자 그녀는 잠깐 수줍어하더니 낮은 음성으로 재빨리 '아가테'라고 말하고는 얼굴을 붉혔다. 무슨 비밀이라도 털어놓은 것처럼.

"댁도 역시 나무 장사하세요?"

금발 머리가 물어왔다.

"아니, 그거 아닙니다. 내가 그렇게 보여요?"

"아니면 측량 기사? 그렇죠?"

"역시 아닌데요. 내가 왜 측량 기사 같아 보이지요?"

"왜냐고요? 그렇게 보이니까요."

"아가씨의 애인이 그 직업을 가진 게로군요, 그렇죠?"

"그렇기라도 했으면 좋겠군요."

"마지막으로 우리 노래 한 곡 더 부르는 게 어때요!"

예쁜 아가씨가 말했다. 마지막 콩이 우리의 손가락을 거쳐 가는 동안 우리는 〈어두운 한밤중에 홀로 서서〉라는 노래를 합창했다. 노래가 끝나자 처녀들이 자리에서 일어섰다. 나도 자리에서 일어났다.

"잘들 자요."

나는 모두에게 인사하고 한 사람, 한 사람과 악수를 했다. 그리고 갈색 머리에게 악수하면서 말했다.

"잘 자요, 아가테."

홀에서는 예의 그 무뚝뚝한 세 사람이 이제 막 일어서려 하고 있었다. 그들은 나를 거들떠보지도 않고 천천히 남은 술을 비웠다. 계산하지 않는 것을 보니 그들이 마신 이날 밤 술값은 필시 일겐베르크 상인이 치르는 것 같았다.

"편히들 주무십시오."

내가 그들이 나갈 때 인사했지만 그 벽창호들은 아무런 대꾸도 없이 문을 닫고 나가 버렸다. 그들이 나가자마자 여주인이 허름한 모포와 베개를 가져왔다. 우리는 난로 옆 긴 의자와 다른 의자 세 개로 그런대로 괜찮은 잠자리를 꾸렸다. 여주인은 나가면서 숙박비는 받지 않겠노라고 친절하게 말했다. 나도 그게 당연하다는 생각이 들었다.

옷은 다 벗지 않은 채 외투를 덮고 아직 기분 좋기 따뜻한 난로 옆에 누웠다. 그리고 갈색 머리 아가테를 떠올렸다. 옛 노래의 한 구절이 떠올랐다. 어린 시절에 어머니와 함께 부르던 노래였다.

  꽃이 아름답다지만
  사람이 더 아름다워
  귀여운 어린 시절에는……

아가테는 그런 처녀로 꽃보다 더 아름다웠다. 아니, 꽃들과 친척처럼 보였다. 모든 지방 곳곳에 그런 아름다운 처녀들이 있기는 하지만 흔하지는 않았다. 나는 그렇게 아름다운 처녀들을 볼 때마다 기분이 좋아졌다. 그들은 커다란 어린애 같다. 부끄러움 타면서도 붙임성이 있고, 그들의 맑은 눈은 아름다운 동물의 눈이나 혹은 숲속의 샘물을 연상시킨다. 그런 처녀를 보면 탐욕 없는 사랑을 느낀다. 그런 처녀를 보고 있노라면 청춘을, 인간의 봄을 구가하던 이 아름다운 모습도 언젠가 늙어 시들겠지 하는 생각에 마음이 서글퍼진다.

곧이어 나는 잠이 들었다. 따뜻한 난로 때문이었는지 나는 남쪽 나라 어느 섬의 물가 바위에 누워 있는 꿈을 꾸었다. 등에 꽂히는 따가운 햇살을 느끼며 나는 갈색 머리 처녀를 바라보았다. 그녀는 혼자 쪽배에 앉아 바다 한가운데로 노를 저어 가고 있었다. 그녀는 점차 멀어지면서 서서히 사라져 갔다.

아침 여행

 난로불이 꺼지고 냉기에 다리가 뻣뻣하게 굳어질 무렵, 나는 추워서 잠이 깼다. 벌써 아침이었다. 부엌에서는 아궁이에 불을 지피는 소리가 났다. 잔디밭에는 이번 가을 처음으로 엷은 서리가 내렸다. 딱딱한 잠자리 때문에 몸이 굳고 뻑적지근했으나 그런대로 잠은 잘 잤다. 부엌에 들어가니 나이 든 처녀가 나에게 인사를 건네 왔다. 나는 세면대에서 세수를 하고 옷의 먼지를 털어 냈다. 어제 불던 바람 때문에 먼지가 잔뜩 끼어 있었다.
 홀에 앉아 뜨거운 커피를 마시는데 도시에서 왔다는 그 손님이 들어왔다. 그는 정중하게 인사를 건네더니 내 옆자리로 와 앉았다. 그의 자리 앞에는 그를 위한 음식이 이미 준비되어 있었다. 그는 납작한 여행용 술병에서 조금 숙성된 버찌 브랜디를 자기 컵에다 따르고는 나에게도 권했다.
 "감사합니다. 하지만 독주는 마시지 못합니다."
 "정말입니까? 그러시군요. 저는 우유를 마시지 못해 대신 이걸 마십니다. 사람은 저마다 약점이 있게 마련이지요."

"다른 데 이상이 없으시다면 걱정할 것 없습니다."

"물론이죠. 걱정 안 합니다. 그런 건 저하고 거리가 멉니다."

그는 이유 여하를 막론하고 사과하기를 좋아하는 타입이었다. 그 밖에도 인상이 좋은 편이었으며, 지나치리만큼 정중하고 지성적이면서도 개방적인 사람이었다. 옷은 단정하고 깔끔하게 입었으나 약간 촌스럽고 답답해 보였다.

그 역시 나를 찬찬히 훑어보았다. 그는 내가 반바지를 입고 있는 것을 보더니 자전거를 타고 왔느냐고 물었다.

"아니요, 걸어서 왔습니다."

"아, 그러시군요. 도보 여행을 하시는군요. 알겠습니다. 그래요, 시간만 있다면 그런 운동 참 좋죠."

"나무는 사셨습니까?"

"아, 조금. 제가 쓸 분량만 샀습니다."

"나무 장사를 하시는 줄 알았습니다."

"아닙니다, 아니에요. 저는 포목 장사를 합니다. 그러니까, 옷감 가게를 하나 가지고 있습니다."

우리는 빵에 버터와 커피를 곁들여 먹었다. 그가 버터를 바르는 동안 그의 길고 가는 잘생긴 손가락이 내 눈길을 끌었다.

일겐베르크로 가는 길은 어림잡아 여섯 시간가량 걸릴 것이라고 그가 말했다. 마차를 가지고 온 그가 친절하게도 자기 마차에 함께 타고 가자고 했지만, 나는 사양했다. 대신 그에게 도보로 가는 길을 물어 대충 길 안내를 받았다. 그러고 나서 여주인을 불러 얼마 안 되는 식대를 내고 가방에 빵을 집어넣고 그 상인에게 작별 인사를 했다. 그러고는 층계를 내려와 포석이 깔린 복도를 거쳐 쌀쌀한 아침을 향해 걸음을 내디뎠다.

여관 앞에 포목상의 마차가 대기하고 있었다. 경쾌한 이인승 마차였다. 여관집 종업원이 이제 막 마구간에서 말을 끌어오고 있었다. 작지만 토실토실하게 살이 쪄 있었고, 소처럼 흰색과 붉은 반점이 있는 얼룩말이었다.

일겐베르크로 가는 길은 처음에 계곡 오르막으로 냇물을 따라 뻗어 있었고, 다음은 경사를 이루면서 숲 위쪽으로 이어졌다. 그 길을 혼자 걸으면서 나는 근본적으로 모든 나의 길을 이렇게 홀로 걸어왔다는 생각이 들었다. 아니, 여행길뿐 아니라 지금까지의 모든 내 인생행로를 그렇게 홀로 걸어왔다는 생각이 들었다. 친구들, 친척들, 잘 아는 친지들 그리고 사랑했던 사람들, 이들 모두가 항상 동행하기는 했지만 한 번도 나를 감싸 주고, 나를 충족시켜 주지 못했다. 이들은 나 자신이 들어선 길 이외에 다른 길로 나를 인도해 주지 못했다. 아마도 인간은 누구나, 운명을 극복하거나 운명을 조롱해 가면서, 던져진 공이 정해진 방향으로 날아가듯이 그가 원하는 바대로 이미 오래 전에 규정된 길을 걷기 마련인 것 같다. 아무튼 '운명'이란 내 안에 있는 것이지 내 밖에 있는 게 아니다. 그런데 우리는 인생의 표피, 즉 눈에 보이는 사건이 만들어 내는 사소한 것을 운명으로 치부한다. 그러니까 사람들이 버겁게 여기고 심지어 비극적이라고 부르는 것도 알고 보면 사소한 것에 지나지 않는다. 이런 사람들은 비극적으로 보이는 것 앞에서 무릎을 꿇고 괴로워하고, 평소 거들떠보지도 않던 것들 앞에서 침몰한다.

나는 생각해 보았다. 무엇이 나를, 자유로운 남자를 일겐베르크라는 조그만 도시로 이끌고 있는가? 그곳의 집들과 사람들, 그 어느 것도 더 이상 나에게 속한 것이 없을뿐더러, 그곳에서 내가 얻기를 바라는 건 환멸과 어쩌면 고통일 뿐인 그곳으로 말이다. 나는 그런 나 자신이 신기하게 생각됐다. 나는 걷고 또 걸었다. 유머와 두려움 사이를 이리저리 비틀거리면서.

화창한 아침이었다. 가을의 대지와 공기에는 초겨울의 찬 기운이 감돌고 있었다. 그렇게 눈이 아리도록 청명하던 대기도 시간이 흐름에 따라 점차 그 농도가 옅어졌다. 찌르레기 떼가 커다랗게 윙윙 소리를 내며 질서 정연한 쐐기꼴로 들판을 날아갔다. 계곡에 이르자 양치기가 한 무리의 양 떼를 몰고 천천히 지나갔다. 양들이 일으키는 가벼운 먼지가 양치기의 푸르스름한 파이프 담배 연기와 뒤섞이고 있었다. 산맥과 울긋불긋한 산등성이, 버들가지가 늘어선 냇물과 냇물 소리, 이 모두가 한데 어우러져 유리알처럼 맑은 대기 속에서 한 폭의 그림을 연상시켰다. 아름다운 대지는 동경에 찬 언어를 누가 듣건 아랑곳하지 않고 나지막하게 주절대고 있었다.

언제나 내가 신기하고 불가사의하게 여기는 것은, 내가 일상과 인간의 영혼에 관한 온갖 질문과 행동보다 더 매혹적으로 여기는 것은, 어떻게 산이 하늘을 찌르고, 대기가 소리 없이 계곡에서 휴식을 취하고, 노란 자작나무 잎이 가지에서 미끄러지듯 떨어져 내리고, 새들이 구리를 지어 창공을 나는가 하는 것이다. 이럴 때면 영원히 수수께끼 같은 것이 우리를 무척이나 부끄럽게 만들고, 또 무척이나 감미롭게 우리의 가슴을 파고든다. 그리하여 우리는 알지도 못하면서 우리를 지껄여 대게 만든 저 교만함을 모두 떨쳐 버린다. 그렇다고 우리는 좌절하는 것이 아니라, 이 모두에 감사하며 겸손해진 자세로 우주의 손님으로서 자부심을 느낀다.

숲 가장자리에 이르렀을 무렵 숲속에서 야생 닭 한 마리가 후다닥 날갯짓하며 내 앞을 날아갔다. 기다란 덩굴에 매달린 갈색 딸기나무 잎들이 길 쪽으로 늘어져 있었다. 잎마다 얇고 투명한 서리가 비단결처럼 맺혀, 벨벳 직물의 섬세한 잔털처럼 반짝이고 있었다.

숲속 길을 한참 올라가 맨 꼭대기 정상에 이르자 전망이 확 트였다. 나는 곧 이 지역을 알아볼 수 있었다. 내가 투숙했던 조그만 마을의 이름을 나는 알지 못했으며, 알려고 물어보지도 않았다.

  내가 가는 길은 숲의 가장자리로 계속 뻗어 있었으며, 비바람이 들이치는 쪽이었다. 나는 이 지역의 나무줄기와 가지 그리고 뿌리가 의미심장하게 유별나고 기괴한 모습을 띤 것이 흥미로웠다. 어떤 것도 이것들보다 상상력을 자극하고 강화해 주지는 못할 것 같았다. 처음에는 온통 우스꽝스러운 모습만 나타났다. 뒤엉킨 나무뿌리와 갈라진 흙, 나뭇가지의 형상들 그리고 나뭇잎들이 인상을 찌푸린 얼굴과 비웃는 얼굴, 친지들의 얼굴을 닮은 캐리커처를 연출해 냈다. 그러나 다음 순간 눈이 예민해졌는지 애쓰지 않아도 기이한 형상들이 무리 지어 온 눈에 들어왔다. 이제 우스꽝스러운 형상은 사라지고 단호하고 대담하고 결연한 형상들이 나타났다. 이들 무언의 형상은 어느새 법칙성과 엄격한 필연성을 알리고 있었다. 마침내 이들 형상은 섬뜩한 분위기를 풍기면서 탄원하고 있었다. 이는 마치 가면을 쓴 변화무쌍한 인간이 천진무구한 자연을 진지한 눈으로 대했을 때 놀라는 경우와 흡사했다.

일겐베르크

  두 시간가량 걸어서 내가 도착한 마을은 슐루흐트징엔이란 곳이었는데, 예전에 여기 와 본 적이 있어서 알고 있는 지역이었다. 마을 골목을 지나갈 무렵 새로 지은 여관 앞에 마차 한 대가 서 있는 것이 보였다. 나는 마차와 작고 특이한 얼룩빼기 말이 일겐베르크의 그 상인 것임을 금방 알 수 있었다.

그가 막 여관 문을 나와 다시 마차에 오르려다 내가 오는 것을 보았다. 그는 나를 보자마자 활기차게 인사를 건네면서 손짓했다.

"이곳에 또 볼일이 있었습니다. 이제 곧장 일겐베르크로 가는데 함께 가지 않으시겠습니까? 그러니까 제 말은, 걸어서 가실 생각이 없으시다면요."

그는 아주 친절해 보였다. 그렇지 않아도 여행 목적지에 빨리 도착하고 싶은 생각이 점점 깊어졌던 터라 이번에는 사양하지 않고 마차에 올라탔다. 그는 여관집 종업원에게 팁을 준 뒤 말고삐를 잡고 출발했다. 마차가 평탄한 길을 경쾌하고 편안하게 달렸다. 오랫동안 걷다가 이렇게 마차를 타고 보니 날아갈 것 같은 기분이었다.

게다가 상인이 이것저것 귀찮게 묻지 않는 것도 나에게는 다행스러운 일이었다. 만약에 그가 그렇게 했다면 나는 마차에서 내렸을 것이다. 그는 단지 내가 기분 전환으로 여행을 하는지, 그리고 그 지역을 이미 알고 있는가에 관해서만 물었다.

"일겐베르크에서는 어느 집에 묵는 것이 제일 좋습니까? 예전에는 〈사슴관〉이 좋았습니다. 주인 이름은 뵐링어였죠.'

"그 사람은 저세상으로 갔습니다. 지금은 타지인, 바이에른에서 온 사람이 운영하고 있습니다. 손님이 예전만 못하다고 하는데, 확실한 건 아닙니다. 그저 소문만 그렇게 들었을 뿐입니다."

"그럼 슈바벤 사람이 운영하는 여관은 어떨까요? 예전엔 그 집에 〈거미집〉이라는 간판이 달려 있었죠."

"그 사람은 아직 거기 있습니다. 그 집은 평판이 괜찮습니다."

"그럼 그 집으로 가야겠군요."

내 동행자는 여러 차례 자신을 소개하고 싶은 눈치였지만, 나는 모른 체하고 딴청을 부렸다. 그렇게 우리는 밝고 활기찬 낮을 향해 달렸다.

"마차를 타고 가는 것이 걷는 것보다 한결 편하지요. 하지만 걷는 게 건강에는 더 좋죠."

일겐베르크 사람이 말했다.

"신발만 좋은 걸 신는다면야. 그건 그렇고, 댁의 말은 참 재미있는 놈입니다. 얼룩무늬하며."

그가 가볍게 한숨을 내쉬더니 웃었다.

"댁에게도 그게 눈에 띄던가요? 물론 얼룩이 재미있기는 하죠. 시내에선 사람들이 저놈을 제 '소'라고 부르면서 놀려 댑니다. 저한테는 그게 불쾌해요."

"하지만 길이 잘 든 말이던데요."

"그렇습니다. 이놈은 나무랄 데가 없습니다. 저는 이 말을 사랑합니다. 우리가 제 얘기를 하니까 이놈이 벌써 귀를 쫑긋하는군요. 이놈은 이제 일곱 살입니다."

목적지가 가까워질수록 우리는 말수가 줄어들었다. 내 동행자는 피곤해 보였고, 나는 말이 발을 옮겨 놓을 때마다 점점 익숙해지는 이 지역의 풍경에 온통 정신을 빼앗기고 있었다. 청춘의 추억이 깃든 곳을 다시 본다는 것, 이 어찌 가슴 두근거리고 기분 좋은 일이 아니겠는가! 이런저런 기억들이 두서없이 떠오르고, 꿈결같이 짧은 순간에 수많은 기억이 주마등처럼 스쳐 간다. 멀리멀리 사라져 갔던 것들이 향수를 불러일으키고 가슴을 짠하게 만든다.

마차가 별로 높지 않은 고개를 빠른 걸음으로 넘어서자 도시가 눈앞에 펼쳐졌다. 혼잡하게 늘어선 집들과 거리, 정원들 사이를 비집고 교회 건물

두 채와 성벽에 연결된 탑과 높다란 시청 건물 꼭공이 우리를 향해 웃고 있었다. 익살스러운 양파 모양의 탑에게 내가 벅찬 가슴으로 인사를 건네게 될 줄을 예전엔 미처 몰랐다. 탑은 은은한 황동 빛을 발하면서 온화한 눈길로 나를 곁눈질하고 있었다. 마치 나를 아직도 기억한다는 표정으로. 고향을 떠날 때는 얌전하고 조용했던 사람이 폭풍처럼 세상을 휘젓고 돌아다닌 뒤 완전히 다른 사람이 되어 돌아왔을 때처럼, 그렇게 나를 곁눈질하고 있었다.

세월 따라 변할 수밖에 없는 것들, 이를테면 신축 건물들과 교외의 신작로 같은 것들에는 아직 내 눈길이 가닿지 않았다. 나에게는 모두가 옛날과 다름없게 보였으며, 이것들을 보는 순간 몰아치는 뜨거운 남풍처럼 기억들이 세차게 뇌리를 스쳐 갔다. 나는 이 탑들과 지붕들 아래서 동화 같은 청춘을 보냈다. 동경에 찬 낮과 밤들, 찬란한 슬픔의 봄 그리고 난방이 제대로 안 된 다락방에서 꿈을 꾸던 긴 겨울, 이런 세월을 나는 이곳에서 보냈다. 그녀와 사랑을 나누던 시절, 나는 밤마다 이 조그만 정원의 오솔길을 서성이면서 진기한 계획을 짜내느라고 열이 오르도록 머리를 혹사했다. 이 정원에서 나는 한 처녀와 인사를 나누었고, 그녀와 수줍은 첫 대화를 나누었으며, 사랑의 키스를 나누었다. 행복했던 시절이었다.

"아직 좀 더 가야 합니다. 하지만 십 분 정도면 집에 도착할 겁니다."
상인이 말했다.

집이라! 참 좋은 말이라는 생각이 들었다. 정원과 정원이 그리고 풍경과 풍경이 내 곁을 스쳐 갔다. 이곳을 떠난 이래로 한 번도 생각해 본 적이 없는 것들이 마치 내가 단 몇 시간 떠났다 온 사람인 양 나를 환영하고 있었다. 나는 더 이상 마차 안에 있을 수가 없었다.

"마차 좀 잠깐 세워 주시겠습니까? 여기서부턴 걸어가겠습니다."

약간 놀란 표정으로 그는 말고삐를 잡아당겨 내가 내릴 수 있게 해 주었다. 그에게 감사의 말을 전하고 악수를 청하고 나서 가려는데, 그가 기침하며 말했다.

"슈바벤 사람이 경영하는 여관에 머물 예정이시라면 우리가 또 만나게 될지도 모르겠군요. 댁의 성함을 여쭈어봐도 되겠습니까?"

이렇게 말하면서 그는 자기소개를 했다. 자기 이름은 헤르쉘이라고 했다. 그는 율리의 남편이 틀림없었다.

생각 같아서는 그를 때려죽이고 싶었지만, 나는 내 이름을 알려 주고 그를 그냥 가게 내버려 두었다. 그러니까 그가 바로 그 헤르쉘 씨였다. 호감이 가고 부유한 남자였다. 율리는 참으로 자존심이 강하고 멋진 여자였다. 그녀는 그 당시 내 터무니없이 당돌한 생각과 인생 계획을 이해해 주고 동조해 주었다. 율리 생각을 하니 숨이 막혀 왔다. 내 분노는 어느새 사라졌다. 아무 생각도 없이 깊은 슬픔에 잠겨 나는 나뭇잎이 다 떨어진 전나무 가로수 길, 이 옛길을 지나 조그만 도시로 들어갔다.

여관은 옛날에 비해 조금은 세련되고 현대화되었다. 심지어 당구대도 하나 놓여 있었고, 지구 모양의 니켈 도금을 입힌 냅킨 용기도 있었다. 여관 주인은 아직 옛사람 그대로였다. 주방과 지하실도 수수한 모습 그대로 잘 보존되어 있었다. 오래된 안마당에는 가늘고 길쭉한 단풍나무가 그대로 서 있었으며, 두 개의 관이 달린 직사각형의 분수가 아직도 물을 뿜어내고 있었다. 나는 시원한 공기를 발산하는 이것들 옆에서 숱한 여름밤의 무더위를 식히며 한가로이 맥주잔을 기울이곤 했었다.

식사한 뒤 나는 자리에서 일어나 그다지 변하지 않은 거리를 천천히 거닐면서 익히 알고 있는 상점의 간판들을 읽어 보고, 이발소에 들러 면도도 하고, 연필을 한 자루 사고, 집들을 둘러보았다. 그러다 울타리들을 지나 교외의 조용한 정원 길을 걸었다. 그 순간 나는 얼핏 내 일겐베르크 여행이 크게 잘못된 계획이 아니었나 하는 생각이 들었다. 그러나 이곳 공기와 땅이 고향처럼 내 기분을 쾌적하게 해 주면서 나를 아름다운 추억으로 빠져들게 했다. 나는 골목이란 골목은 하나도 빠짐없이 누비고 다녔다. 교회 첨탑에도 올라가 종루의 기둥에 새겨진 라틴어 학교 학생들의 이름을 읽어 보기도 하고, 다시 내려와 시청의 공공 벽보를 읽어 보기도 했다. 그러다 보니 날이 어두워지기 시작했다.

그러고 나서 내가 간 곳은 터무니없이 크고 황량한 광장이었다. 나는 길게 늘어선 오래된 박공집들을 샅샅이 살펴보면서 옥외 계단도 건너고 포석이 듬성듬성 깔린 길에서 비틀거리기도 했다. 그러다 결국엔 헤르셸의 집 앞에 도착했다. 조그만 덧창엔 이제 막 덧문이 내려졌고, 이층 창문 네 개에는 불이 켜져 있었다. 나는 마음을 정하지 못하고 그곳에 서서 그 집을 올려다보았다. 피곤하고 가슴이 답답했다. 조그만 소년이 광장 길을 빠른 걸음으로 올라오면서 〈처녀의 꽃다발〉이란 노래를 휘파람으로 불렀다. 그가 나를 발견하자 휘파람을 멈추고 나를 찬찬히 훑어보았다. 나는 그에게 십 페니히를 쥐여 주고 가던 길을 가라고 했다. 그런데 다음에는 일용 노동자가 오더니 무슨 시킬 일이 없느냐고 했다.

"아니요."

나는 엉겁결에 초인종 줄을 힘차게 잡아당겼다.

율리

 육중한 대문이 열릴 듯 말 듯 하더니 문틈으로 어린 하녀가 얼굴을 내밀었다. 주인어른 계시냐고 묻자 그녀가 나를 어두컴컴한 계단으로 안내해 올라갔다. 위쪽 복도에는 기름등이 켜져 있었다. 김이 서린 내 안경을 닦고 있노라니, 헤르쉘이 나와서 나에게 친절하게 인사를 건네 왔다.
 "댁이 오실 줄 알았습니다."
 그가 낮은 음성으로 말했다.
 "그걸 어떻게 아셨습니까?"
 "제 집사람이 알려 줬습니다. 댁이 누구신지 알고 있습니다. 외투를 벗으시죠. 괜찮으시다면…… 잘 오셨습니다…… 아, 예. 이쪽에다. 그렇게요, 네."
 그는 분명 그렇게 썩 기분이 내키지는 않아 보였다. 나 역시 그랬다. 우리는 작은 방으로 들어갔다. 거기에는 하얀 식탁보가 깔린 식탁 위에 등잔이 켜져 있었고 저녁 식사가 준비되어 있었다.
 "그러니까 이분은, 오늘 아침에 알게 된 분이오, 율리. 이분 성함은……."
 "저는 댁을 알고 있습니다."
 율리가 말했다. 내가 허리를 굽혀 인사하자 그녀는 고개로 답례하면서 손은 내밀지 않았다.
 "앉으시죠."
 나는 대나무 의자에 앉고 그녀는 낮은 안락의자에 앉았다. 그녀를 바라보았다. 그녀는 더 건강해 보였지만 몸집은 예전보다 작아진 것 같았다. 손은 아직 젊고 고왔으며, 얼굴은 포동포동하고 생기가 돌았다. 그러나 강인하고 아직도 여전히 고고해 보였다. 거칠어지고 윤기가 없어 보이기는 했지만, 예전의 그 미모는 희미하게나마 남아 있었다. 관자놀이와 팔놀림 같은 것에 아주 희미하게…….

"일겐베르크는 어떻게 오셨어요?"

"도보로 왔습니다, 부인."

"여기에 볼일이 있으신가요?"

"아닙니다. 그저 이 도시를 다시 한번 보고 싶었습니다."

"이곳을 떠나신 게 언제였던가요?"

"부인께서도 아시다시피 십 년 전입니다. 하지만 도시가 그렇게 많이 변하지 않았군요."

"그래요? 댁을 알아보지 못할 뻔했습니다."

"저는 금방 알아보았습니다, 부인."

헤르셸 씨가 기침을 했다.

"우리와 함께 저녁 식사라도 하지 않으시겠어요?"

"방해되지 않는다면……."

"아닙니다. 차린 게 버터 빵밖에 없어요."

하지만 양념을 한 구운 고기와 야채샐러드, 밥 그리고 삶은 배가 준비되어 있었다. 음료로는 차와 우유가 나왔다. 그녀의 남편도 나에게 시중을 들어주면서 나와 몇 마디 대화를 나누었다. 율리는 거의 아무 말도 하지 않은 채 이따금 거만하고 의심스러운 눈초리로 나를 쳐다보았다. 그녀는 내가 왜 하필이면 이곳에 왔는지를 알아보려는 눈치였다. 나 자신도 그 이유를 알면 좋겠건만…….

"자녀는 두셨나요?"

나는 물었다. 그러자 그녀의 말수가 약간 많아졌다. 자녀들 학교 다니는 문제, 병치레, 교육 문제 등 온통 사사로운 얘기들이었다.

"그 모두가 골치 아프기는 하지만, 그래도 학교에 다니는 것이 축복이지요."

헤르쉘이 거들었다.

"그렇습니까? 저는 아이들은 가능하면 오랫동안 부모가 손수 교육해야 한다고 늘 생각했습니다."

"보아하니 댁은 자녀가 없으시군요."

"예, 저는 그렇게 행복하지 못합니다."

"결혼하지 않으셨습니까?"

"아니요, 헤르쉘 씨. 혼자 살고 있습니다."

콩이 목에 걸렸다. 아마도 껍질이 제대로 벗겨지지 않았던 것 같았다.

저녁상을 물리고 나자 율리의 남편이 와인 한잔하자고 해서 나는 기꺼이 응했다. 기대했던 대로 그가 직접 지하실로 내려갔기 때문에 나는 잠시 그녀와 단둘이 있게 되었다.

"율리."

"뭐 필요한 것 있으세요?"

"당신은 나한테 아직 손도 한번 내밀지 않았어요."

"그렇게 해야 할 것 같아서요……."

"그렇군요……. 잘 지내는 것을 보니 기쁘군요. 정말 잘 지내죠?"

"아, 그럼요. 우린 서로 만족합니다."

"그런데, 그때…… 말해 봐요, 율리! 당신은 그때 그 시절을 더 이상 생각하지 않나요?"

"저한테서 무슨 얘기를 듣고 싶으세요? 옛날 얘기는 그만둬요, 우리! 우리 사이는 이렇게 될 수밖에 없었어요. 우리 두 사람을 위해서도 이렇게 된 게 잘된 일이라고 생각해요. 당신은 이미 그 당시에 일겐베르크엔 어울리지 않는 사람이었어요. 당신의 그 모든 생각하며, 이곳에서는 제대로 이루어질 수 없었을 거예요······."

"맞는 말이오, 율리. 난 지나간 일을 되돌리려는 것이 아니오. 당신도 내 생각을 해서는 안 돼요. 물론 안 되는 일이죠. 하지만 다른 것들, 그 옛날 아름다웠던 것들, 사랑스러웠던 것들은 생각해도 되지 않겠어요? 그건 우리의 젊은 시절이었어요. 난 그 시절을 한번 돌이켜 보고 싶고, 그 시절을 내 눈으로 보고 싶었던 거예요."

"제발, 그 얘기는 그만두세요. 당신은 어떻게 생각할지 모르겠지만, 나에게는 그 일이 그렇게 간단하지 않아요."

나는 그녀를 바라보았다. 그 당시의 아름다움은 더 이상 그녀에게 남아 있지 않았다. 그녀는 단지 헤르쉘 부인일 뿐이었다.

"물론 그렇겠죠."

나는 거칠게 내뱉고 더 이상 이의를 제기하지 않았다. 그때 그녀의 남편이 와인 두 병을 들고 돌아왔다.

농도가 짙은 부르군트산 와인이었다. 와인 체질이 아닌 것같이 보이는 헤르쉘이 두 잔을 들더니 벌써 사람이 달라지기 시작했다. 그는 자기 부인과 나를 놀려 대기 시작했다. 그녀가 거기에 아무런 반응을 보이지 않자 그는 웃으며 자기 잔을 내 잔에 부딪치곤 털어놨다.

"처음에 이 사람은 댁을 집에 들이지 않겠다고 했습니다."

율리가 자리에서 일어섰다.

"실례하겠습니다. 아이들 돌보러 가야겠어요. 하녀애가 몸이 불편하대요."

이렇게 말하고 그녀는 자리를 떴다. 그녀는 다시 돌아오지 않을 것 같았다. 그녀의 남편은 눈을 끔쩍거리면서 두 번째 병을 땄다.

"저에 관한 얘기는 미리 안 하셨으면 좋을 걸 그랬습니다."

나는 그에게 핀잔 투로 말했지만, 그는 웃기만 했다.

"괜찮습니다. 저 사람은 그런 걸 불쾌하게 생각할 만큼 그렇게 성마른 편이 아닙니다. 자, 드시죠? 혹시 이 와인 맛이 없습니까?"

"좋은 와인입니다."

"그러니까, 말씀 좀 해 보시죠. 그 당시 댁과 제 아내는 어떤 사이였습니까? 한때의 불장난 같은 것이었나요? 그런가요?"

"불장난이었죠. 그 얘기는 더 이상 안 하는 것이 좋겠습니다."

"물론…… 그렇겠죠…… 제가 눈치 없는 놈은 아닙니다. 십 년이 지났죠, 안 그렇습니까?"

"죄송합니다. 이제 그만 일어서는 게 좋겠습니다."

"왜 벌써 가시려고요?"

"그게 좋을 것 같습니다. 어쩌면 내일 다시 뵙게 될지 모르겠군요."

"정 가셔야겠다면…… 잠깐 계세요. 불을 밝혀 드릴게요. 그럼 내일 언제 오시겠습니까?"

"오후쯤 될 것 같습니다."

"알겠습니다. 블랙커피나 한잔합시다. 호텔까지 바래다 드리겠습니다. 아니, 호텔에서 우리 한 잔 더 합시다."

"아닙니다. 피곤해서 잠자리에 들고 싶군요. 부인께도 인사 전해 주십시오. 그럼 내일 뵙겠습니다."

대문 앞에서 나는 그를 간신히 떼어 내고 혼자서 그 집을 나왔다. 큰 광장을 지나 조용하고 어두컴컴한 거리로 발길을 내디뎠다. 나는 숙소로 가는 대신에 조그만 도시를 오랫동안 이리저리 쏘다녔다. 어떤 낡은 지붕에서 기왓장이라도 떨어져 그 기왓장에 맞아 죽고 싶은 심정이었다.
　　어리석은 인간아! 이 바보야!

안개

　　다음 날 아침 나는 일찌감치 일어나 곧장 떠날 채비를 했다. 날씨가 찼다. 안개가 짙게 깔려서 거리가 거의 안 보일 지경이었다. 추위를 녹이며 커피를 마시고 나서 식대와 숙박료를 내고 동터 오는 고요한 아침을 향해 성큼성큼 긴 보폭으로 발길을 내디뎠다.
　　어느새 몸이 따뜻해져 왔다. 나는 도시와 정원들을 뒤로하고 자욱한 안개 속으로 부지런히 걸음을 재촉했다. 가까이 있는 모두와 외관상 서로 연결된 것들을 안개가 분리하는가 하면, 모든 형체를 휘감아 격리하고 또 떨어질 수 없게 하나로 묶는 것을 보는 일은 항상 경이롭고 감동적이다. 한 남자가 시골길에서 내 옆을 지나간다. 그는 암소나 염소를 몰거나 아니면 손수레를 밀거나 짐 꾸러미를 운반한다. 그의 뒤에서는 개 한 마리가 꼬리를 흔들면서 종종걸음으로 주인을 따라간다. 나는 그가 내 쪽으로 오는 것을 보고 인사를 건넨다. 그가 감사하다는 답례를 하며 지나간다. 그가 지나가자마자 나는 몸을 돌려 그를 바라본다. 그가 희미해져서 마침내 흔적도 없이 안개 속으로 사라질 때까지 나는 그를 바라본다. 집들과 정원 울타리, 나무들 그리고 포도밭 울타리들도 그렇게 안개 속으로 사라진다. 나는 이곳 주변을 익히 잘 알고 있다고 믿는다. 그런데 이제 저 담벼락이 거리에서 저렇게 멀리 떨어져 있음을 보고, 또 이 나무의 키가 엄청나게 크고, 저 조그만 집이 저렇게 낮은 것을 보고 깜짝 놀란다. 바짝 붙어 있다고 생각했던 오두막들이 지금 보니 서로 한참 멀리 떨어져 있어서 한 집 문턱에서 다음 집 문이 보이지 않는다. 육안으로는 볼 수 없지만 지근거리에서 사람과 동물들이 걸어가거나 일하고 고함치는 소리를 듣는다. 이 모두가 동화 같고 낯설고 꿈결 같기만 하다. 이 순간 나는 이것들 속에 깃든 상징 세계를 명료하게 감지하고 깜짝 놀란다. 한 사물은 다른 사물과, 그리고 한 인간은 다른 인간과 — 그가 어떤 인간이든 간에 — 근본적으로 낯선 관계이다. 우리의 길은 항상 단지 몇 걸음 만에 그리고 몇 순간 만에 서로 교차한다. 그리고 길은 우리의 인간관계와 이웃 관계, 우정 관계가 얼마나 찰나적인 허상인가를 깨닫게 해 준다.

시 한 편이 떠올랐다. 나는 걸어가면서 나직하게 암송했다.

  안개 속을 걸으니 야릇하여라!
  숲과 바위는 저마다 외롭고,
  어떤 나무도 옆 나무 쳐다보지 않고,
  모두가 혼자로구나.

  내 인생이 아직 빛이었을 땐
  세상이 온통 친구들로 가득했는데,
  이제 안개가 내리니

아무도 보이지 않는구나.

진정, 어둠을 모르는 자
현명한 사람 없나니.
피할 수 없는 어둠이 살며시
모두에게서 그를 떼어 놓는구나.

안개 속을 걸으니 야릇하여라!
인생은 고독한 것.
자기 이웃 아는 이 하나도 없고
모두가 혼자로구나.

늙은 태양 아래서

―

종착역

●●

  봄날이나 혹은 여름날, 아니면 아직 초가을, 햇살이 그다지 따갑지 않아 밖에서 지내기가 안성맞춤인 잔잔한 한낮이 되면, 이 도시 끝머리의 고지대에 들어선 집채들 앞쪽으로 알파허 노변에서 둥그렇게 반원을 그리며 움푹 패어 들어간 이 지점은 화려하게 각광받는 장소다.

  산을 향해 꼬불꼬불 뻗어 나간 길 위로는 항시 햇살이 포근하게 고여 든다. 방풍벽이 자연스럽게 이루어진 이곳에는 늙어 꼬부라진 과수가 서너 그루 서 있어 약간의 그늘마저 던져 준다. 길섶의 넓고 부드러운 잔디밭은 아늑하게 활 모양으로 굽어 있어 편안하게 그 위에 앉거나 누워 보고 싶은 충동을 불러일으킨다. 하얀 오솔길이 햇빛을 받아 번쩍거리며 서서히 산비탈로 치닫고 있다.

  이 길로 농부들의 우마차나 란다우식 사인승 마차, 혹은 역마차가 지나갈 때면 조그만 먼지가 엷게 피어오른다. 이곳에서 내려다보면 나무 우듬지 사이사이로 검은 지붕들이 경사를 이루며 잇달아 늘어서 있고, 그 너머로는 도시의 심장부인 시장이 곧 시야에 들어온다. 이 시장은 먼발치로 봐도 초라하기 그지없다. 온통 허름한 집들과 불쑥 튀어나온 계단과 지하실 입구들이 들어찬 이곳은 네모 모양으로 된 기이한 모습을 하고 있다.

햇볕이 부드럽고 따스하게 내리쬐는 날이면, 그 높은 산비탈의 구부정한 길가의 아늑한 잔디밭에는 휴식을 취하러 나온 사람들이 늘 조그만 무리를 이룬다. 이들의 얼굴을 보면 하나같이 뻔뻔스럽고 거칠게 생긴 것 같으나, 웬일인지 거동만은 어울리지 않게 온순하고 활기가 없다. 이들 중에서 가장 어리다는 사람의 나이가 쉰을 훨씬 넘어섰다. 그들은 아무 말 없이 양지바른 곳에 앉아 있거나 편히 누운 자세로 서로 으르렁대며, 무언가 짤막한 얘기들을 주거니 받거니 하고 있다.

검은색 조그만 빨부리 담배를 피워 문 채 그들은 세상을 비웃듯이 거친 동작으로 연방 입에서 침을 뱉어 내곤 한다. 어슬렁거리며 그들 앞을 지나가는 직공들은 날카로운 눈총을 받기 마련이다. 일진이 좋은 날이면 직공들은 '여보게, 잘들 가게!' 하는 제법 친절한 인사를 받기도 하나, 그렇지 못할 때면 묵묵히 경멸에 찬 시선을 받기가 일쑤다.

노인들이 그렇게 웅크리고 있는 모습을 처음 보는 다른 지방 사람들은 궁금한 나머지 다음 골목에 들어서면, 이 늙고 괴이한 게으름뱅이들에 대해 이것저것 물어본다. 동네 아이들로부터 이들이 〈태양족〉이라는 얘기를 전해 듣고 나면, 대개는 한 번쯤 고개를 돌려 태양 아래 가물거리는 이 피곤한 군상을 바라보면서, 이들이 어떻게 그런 멋지고 어감 좋은 문학적 명칭을 지니게 되었을까 하고 의아해한다. 태양족이란 이름은 어떤 성좌 이름에서 따온 듯하나, 실상 그 성좌란 이미 인간의 하늘에서 사라진 지 오랜 별들이다. 태양족이란 명칭은 단지 어떤 초라한 주점의 간판에 나붙어 있던 이름에 불과했다. 그 주점은 이미 오래전에 문을 닫았고, 화려한 간판도 빛이 바랜 지 오래되었다. 그 주점 건물은 얼마 전부터 양로원, 더 정확히 말해 시립 양로원으로 사용되고 있었다. 이곳에 수용된 사람 중 많은 이들은 간판 속의 태양을 익히 기억하는 노인들인데, 얼마 전까지만 해도 바로 이곳 술청에 둘러서서 후견인을 찾고 있었다. 지금의 양로원이 바로 그들의 후견인이 된 셈이다.

양지바른 길가 잔디밭과 인접해 있는 이 집은 비탈진 거리의 끝에서 두 번째 집이다. 이 도시의 끝에서 두 번째 집이라 할 수 있다. 온갖 풍상에 시달려 이지러진 이 건물은 제대로 서 있기조차 힘겨워 보였다. 한때는 환희의 술잔이 맞부딪치고, 위트와 웃음, 그리고 유쾌한 드잡이와 칼부림으로 흥청거리던 환락의 밤들이 수없이 흘렀으련만, 이제 이곳엔 그런 흔적은 조금도 남아 있지 않았다. 장미꽃처럼 빨간빛을 발하던 건물 앞면은 오랜 세월을 거치면서 완전히 퇴색된 채, 더러는 메말라 갈라 터진 밭으로 조각조각 떨어져 내렸다.

낡은 양로원 외관은 이제 그 용도와 완전히 제격을 이루게 되었다. 오늘날 도시에서는 거의 찾아보기 어려운 형색을 띤 이 건물은 파산자와 낙오자들의 숙소임을 역력히 드러내 보이고 있었다. 그곳은 막다른 골목에 자리 잡은 슬픈 종착지였다. 여기에서 인생의 포부를 되살리고, 숨은 기력을 회생시킨다는 것은 불가능한 일이었다.

그러나 태양족에게서는 그렇듯 우울한 기색은 별로 찾아볼 수 없었다. 오히려 그들은 인생이 아직 풍요롭다는 듯이 대부분 그들 나름대로 여생을 즐기려 들었다. 중대한 사건이 발생하든가 국가적인 대사가 있을 때마다 있는 힘을 다해 서로 이러쿵저러쿵 사소한 입씨름을 벌이고, 때로는 신이 나서 희희낙락 떠들어 댔다. 그들은 상대방을 깔아뭉개고, 어떻게 해서든 자기 자신만 내세우려 했다. 활기에 차 시끌벅적하던 인생의 길목에서 모두가 밀려난 신세들이건만, 저들 딴에는 마지못해 얼굴을 마주 보게 되었다는 투로 '안녕들 하시오!' 하고 불러보는 사람들처럼 행동했다. 그들은 예전 같으면 얼마든지 넘겨 버릴 사소한 일들도 핏대를 세우며 끈질기게 티격태격했다. 절대적인 권력을 쥔 원장으로부터 형편없는 인간 대우를 받고 있는데도, 소시민 대부분이 그러하듯이 그들 또한 자신이 소공화국 시민이라고 믿고 있었다. 여기 소공화국에서 그들은 각기 자유 시민을 자처하며 계급과 직위에 따라 상대방을 예의 주시했다. 그들이 오로지 염두에 두고 있는 것은, 상대방으로부터 결코 털끝만큼의 무시도 당해서는 안 된다는 것이다.

이들 태양족은 운명이나 인생의 희비애환을 현실적으로 체험하기보다는 그들의 공상 속에서 더 많이 경험하고 있었다. 이 점에서 그들은 여느 사람들과 다를 바 없다. 혹자는 이런 퇴물, 이런 낙오자들의 생활과 활동적인 시민의 생활이 단지 상상 속에서만 구별할 거라고 주장할는지도 모르겠다. 활동적인 시민뿐만 아니라 낙오자들에게도 자신의 사업이나 행동거지는 그들 못지않게 중요하기 때문이다. 궁극적으로 신의 눈에는 초라한 양로원 인생도 흔해 빠진 고귀한 양반네들보다 못하지 않을 터. 하지만 이런 얘기들을 제쳐 두고라도, 이 태양족의 생활이 한가한 구경꾼들에게는 심심치 않은 눈요기가 될 수 있으리라.

옛 태양과 태양족의 이름이 젊은 세대들의 기억에서 점차 사라져 가고, 가련한 인간들은 다른 지역에서 그때와는 다른 방식으로 보호를 받게 될 테지만, 옛날 그 집과 그곳에 수용되어 있던 사람들에 관한 이야기는 들어볼 만한 가치가 충분히 있다. 초기 태양족의 단편적 모습을 소개하는 이 글은 옛 양로원과 그곳에 수용되었던 사람들에 관한 연대기적 성격을 띤다.

지금의 게르버자우 청춘 남녀들이 짧은 바지와 조그만 치마를 입던 시절, 그때만 해도 양로원의 빨간 전면 벽에 걸려 있던 양철 간판 〈태양〉은 골목

안을 휘황찬란하게 비추고 있었다. 카를 휘플린이 고향으로 돌아온 것은 이 무렵 어느 늦은 가을날이었다. 그는 겨자 골목에서 철물업을 하던 휘플린의 아들이었으나 사십이 훨씬 넘어선 그를 알아보는 사람은 없었다. 아주 어린 나이에 고향을 떠나 방랑 생활을 시작한 이래로 이 도시에는 한 번도 얼굴을 내민 적이 없었기 때문이다. 이제 그는 말끔한 차림새에 팔자 콧수염까지 기르고, 머리는 짧게 빗어 넘겼다. 그의 팔목에는 은제 시곗줄이 걸려 있고, 머리에는 중산모가 얹혀 있으며, 와이셔츠 깃은 빳빳하게 세워져 있었다.

　우선 그는 몇 안 되는 옛 친지와 동료들을 찾아 나섰다. 그가 의식적으로 자신을 내세우지도 않았건만, 만나는 사람마다 몰타보게 달라진 그에게 모두 경의를 표했다. 그는 시청에 들러 신분증을 제시하고 이곳에 정착하겠다고 말했다. 휘플린 씨는 비밀리에 사업을 벌였다. 부지런히 편지도 주고받고, 자주 짧은 여행을 하더니 계곡 사이의 평지를 사들였다. 그는 불타 버린 옛 기름 공장 자리에 벽돌 건물을 새로 한 채 짓고, 그 옆에 창고를 세웠다. 그리고 건물과 창고 사이에 우람한 벽돌 굴뚝을 세우기 시작했다. 이즈음 그는 저녁 무렵에 이따금 시내의 술집에 얼굴을 내밀었다. 술집에 들르면 처음에는 아무 말 없이 점잖게 행동했으나, 일단 몇 잔 걸치고 나면 신이 나서 한껏 떠들어 댔다. 이때쯤 되면 그는 숨기는 것이 없어졌다. 자기는 얼마든지 떵떵거리며 호사스럽게 살 수 있을 만큼 재산을 모았다며, 이 세상에는 게으르고 어리석은 사람이 있는가 하면, 천재적인 사업 수완을 지닌 사람도 있는데, 자기로 말할 것 같으면 후자에 속하는 인간형이라고 했다. 그런 까닭에 자기가 현재 지닌 재산에다 영이라는 숫자가 여섯 개 더 붙기 전까지는 전혀 쉴 생각이 없다고 했다.

　그가 신용 거래를 틀 것을 제의했을 때, 뜻이 있는 사업가들은 그의 과거를

뒷조사하기에 이르렀다. 그들이 알아낸 사실은, 휘틀린은 지금까지 두드러지게 이렇다 할 사업을 한 것이 아니었고, 이리저리 떠돌아다니면서 이 공장 저 공장에서 일하다가 마지막으로 감독관으로 근무했는데, 최근에 꽤 많은 유산을 상속받게 되었다는 것이다.

 이런 과거가 알려지면서 그는 인정받게 되었고, 사업가 정신이 왕성한 몇몇 사업가들이 그의 뜻을 받아들여 그가 추진하는 사업에 자금을 투자했다. 그리하여 얼마 안 가서 그 계곡 안에는 제법 커다란 공장 한 채와 조그만 주택이 한 채 들어섰다. 휘틀린은 계획했던 대로 이 공장에다 모직물을 생산하기 위한 기계 일체를 설치했다. 공장이 완성되자 주문이 쇄도했고, 커다란 굴뚝에서는 밤낮으로 연기가 솟아올랐다. 몇 년 동안 사업이 날로 번창해 휘틀린은 대단한 신망과 신용을 얻게 되었다.

 이렇게 해서 그의 이상은 실현되었다. 그의 오랜 소망이 이루어진 것이다. 젊은 시절에 그는 이미 여러 번 돈을 벌어 보려고 시도했지만 제대로 이루어지지 않았다. 뜻밖에 굴러 들어온 유산이 그에게 원기를 북돋아 주고, 그의 당돌한 옛 꿈을 실현시켜 주었다. 그러나 부가 그의 유일한 소망은 아니었다. 그가 지금까지 살아오면서 마음속으로 갈구해 오던 소망은 사람을 다스릴 수 있는 커다란 권력을 쥐는 것이다. 그의 성격으로 봐서는 인디언 추장이나, 아니면 고위직 관리나 말을 탄 시골 경찰관 같은 자리가 꼭 제격일 듯했다. 하지만 그에게는 공장주 생활이 오히려 한결 편안하고 아랫사람들 부려 먹기도 쉬운 것처럼 보였다. 그는 입가에 시가를 문 채 얼굴에는 심각하고 의미심장한 미소를 띠어 가며, 창가에 서서 혹은 책상머리에 앉아서 갖가지 명령을 내리는가 하면, 이런저런 계약서에 서명하고, 부하 직원들의 제안과 청원을 경청하며, 바쁜 사업가들이 흔히 그러하듯이 인상을 잔뜩 쓰다가도 곧 태연하고 여유로운 표정을 지었다. 때로는 접근하기가 무서울 정도로 엄격하다가도 친절하게 아랫사람들의 입장에 서기도 하는 그는 주위 사람들로부터 항상 우두머리로 각인되었다. 세상사 대부분이 그의 손에 달려 있다고 생각할 정도였다. 그의 이런 재능은 뒤늦게나마 충분히 인정받게 되었다.

이제 그는 풍부하게 모두 갖추게 되었고, 하고 싶은 일도 한껏 할 수 있게 되었다. 사람을 채용하거나 해고할 수 있는 재량권이 그에게 주어졌을 뿐만 아니라, 주체할 수 없이 많은 재산 때문에 즐거운 비명을 지를 수 있게 된 것이다. 많은 사람이 그를 부러워했다. 이 모두를 향유하면서도 그는 사업에 몰두했고, 사업에 대한 전문 지식도 부지런히 넓혀 갔다. 그는 행복의 요람에서 느긋하게 몸을 흔들며, 마침내 운명이 그에게 합당한 자리를 마련해 주었다고 생각했다.

그러나 이즈음 한 경쟁자가 새로이 개발한 물품을 들고 나타났다. 이 물품이 시장에 유통되면서부터 종래의 물품들은 그 수요가 급감했고, 급기야 가격마저 하락세를 보이기 시작했다. 휘틀린은 이에 대처할 수 있을 만큼 천재적인 수완을 타고나지는 못했다. 그가 장담했던 것과는 달리 사업에 대한 그의 이해도는 피상적인 것에 지나지 않았다.

처음에는 서서히 무너져 내리던 그의 사업이 시간이 흐름에 따라 하강 속도가 점차 빨라지더니, 마침내 숨길 수 없는 파산 지경에 이르고 말았다. 그는 자포자기 심정으로 몇 차례 대담한 자구책을 강구해 보았지만, 오히려 그 자신은 물론이려니와 그에게 자금을 투자했던 사업가들까지도 모조리 도산하고 말았다. 그는 도망했으나 체포되어 유죄 판결을 받고 투옥되었다. 몇 년 후에 다시 세상에 나왔을 때, 그는 이미 더 이상 아무 일도 할 수 없는 무기력한 폐인이 되었다.

한동안 보잘것없는 일자리를 떠돌던 그는 파멸이 눈앞에 다가옴을 직감하면서 우울한 나날을 보내며, 어느덧 남모르는 사이에 술꾼으로 변해 갔다. 처음에는 은밀하게 술을 마셔서 사람들 눈에 띄지 않았으나, 이제는 숫제 공개적으로 퍼마셔 대는 통에 골칫거리가 되고 말았다. 얼마 안 되는 보수를 받고 고용되었던 서기직도 성실하지 않다는 이유로 해고당하고, 보험 회사 외판원으로 들어갔다. 그러나 외판원으로 이곳저곳을 돌아다니면서 술집이란 술집은 모두 섭렵하다가 직장에서 떨려 났다. 그 후 성냥과 연필을 들고 행상으로 나섰으나 그것도 벌이가 시원치 않았다. 그는 끝내 시 당국에 부담스러운 존재로 전락했다.

근래에 들어 바짝 늙고 비참해졌다. 지난날의 화려했던 가락이 조금은 몸에 배어 있었던지라 몇 안 되는 음식점에서는 그의 행세가 통해 그나마 최악의 상황은 면할 수 있었다. 실속은 사라지고 외양만 남은 것이지만, 그는 활기차고 거창한 제스처와 멋들어진 언변 덕분에 주점에 들어서면 아직은 이 도시의 룸펜 중에서 그나마 대접을 받고 있었다.

이 당시만 해도 게르버자우에는 양로원이 없던 시절이라 부랑자들은 시에서 지급하는 얼마 안 되는 보조금으로 각 가정집을 전전하며 식객 노릇을 했다. 한편 그들을 받아들인 가정에서는 그들에게 최소한의 편리를 제공하면서 가능하면 집 안의 자질구레한 일들을 돌보게 했다. 그런데 근래에 여러 가지 말썽을 자주 일으키는 바람에 그 누구도 이 퇴락한 공장주를 받아들이려 하지 않았다. 그 사람 하면 이제 모두들 넌더리를 냈다. 사태가 이렇게 되자 시 당국에서 양로원으로 이용할 수 있는 집을 별도로 한 채 마련할 수밖에 없었다. 그때 마침 경매에 붙여졌던 그 허름한 주점 〈태양〉을 시에서 매입했던 것이고, 카를 휘블린은 원장과 나란히 첫 입주자가 됐다. 그 후 여러 사람이 그의 뒤를 이어 그곳에 수용되었는데, 태양족은 이들을 두고 하는 말이었다.
 휘틀린이 주점 〈태양〉을 드나든 지도 꽤 오래됐다. 몰락한 이래로 날이 갈수록 더 작고 초라한 술집을 찾게 되었고, 결국 〈태양〉을 매일 드나드는 단골손님이 되었다. 저녁이면 그는 그곳의 단골 식탁에 술친구들과 모여 앉아 소주를 들이켜곤 했다. 바로 이 술친구들이 그 후 천덕꾸러기 극빈자로 전락해 휘틀린의 뒤를 이어 그 집에 들어가 양로원 동료가 된 것이다. 휘틀린은 그곳에서 살게 된 것이 매우 기뻤다. 그 집이 시에 매각된 후 목수들이 주점을 양로원 시설로 개조하기 위해 소규모의 리모델링을 서두를 무렵, 그는 매일 이른 아침부터 저녁 늦게까지 온종일 그곳에 눌어붙은 채 입을 딱 벌리고 지켜보았다.
 햇볕이 따사하고 바람 한 점 없이 화창한 어느 날 아침이었다. 휘틀린은 이날도 어김없이 그곳에 나와 문 주변을 서성거리며 인부들이 한창 작업하는 안쪽을 기웃거렸다. 잔뜩 기대에 차서 넋을 잃고 안쪽으로 눈길을 던지며 인부들의 잡된 농지거리를 흥겹게 엿들었다. 꼭 오므려 쥔 그의 두 주먹은 때가 전 상의 주머니에 깊숙이 꽂혀 있었다. 어디서 얻어 입은 듯한 길고 헐렁한 바지는 나선형으로 꼬깃꼬깃 주름이 접혀 있었고, 바지 속 그의 다리는 와인 병따개처럼 배배 꼬여 있었다. 머지않아 이곳에 입주하게 되면 보다 편안하고 즐겁게 지낼 수 있으리라는 생각에 노인의 마음은 초조와 호기심으로 부풀어 올랐다.
 계단용 새 널빤지가 부착되고 얇은 전나무 마룻바닥이 깔리는 광경을 묵묵히 바라보던 그는 불현듯 자신이 소외된 느낌이 들었다. 길가에는 젊은 철물공이 커다란 양각 사다리를 든 채 씨름하고 있었다. 젊은이는 널빤지 조각들이 너저분하게 널려 있는 비탈진 땅 위에 사다리를 세우려 안간힘을 쓰고 있었다. 휘를린은 길 맞은편으로 건너가, 길가에 놓인 갓돌에 기대서 철물공의 거동을 흥미롭게 관찰했다. 마침내 철물공은 사다리를 고정했다. 그는 사다리가 제대로 서 있는지 확인하고 사다리를 타고 올라갔다. 대문 위까지 기어 올라간 그는 회벽에 고정된 낡은 주점 간판을 철거하기 시작했다. 간판 철거 작업에 안간힘을 쏟는 철물공을 긴장한 채 지켜보던 전직 공장주는 서글픈 감회에 젖어 들었다. 이 간판 밑에서 숱한 술잔을 기울이던 지난날들이 아련하게 머리를 스쳤다. 단철로 만든 간판 버팀 쇠가 벽에 단단하게 고정되어 있어 그것을 뜯어내느라 애먹는 광경을 지켜보던 그는 내심 적지 않게 기뻤다. 이 초라한 간판 밑에서 그가 얼마나 종종 기약 없는 날들을 희희낙락하며 보냈던가! 철물공이 투덜대기 시작하자 노인은 쾌재를 불렀다. 철물공은 버팀 쇠를 뜯어내기 위해 그것을 잡아당겨 보기도 하고 휘어 보기도 하면서 진땀을 흘렸으나 끝내 뜯어내지 못한 채 사다리에서 떨어질 뻔했다. 구경꾼에게는 그것이 더없이 재미있었다. 철물공은 어디론가 가더니 잠시 뒤에 쇠톱을 들고 돌아왔다. 휘를린은 저 거룩한 장식물도 이제 마지막이라는 생각이 들었다. 쇠톱이 금속성을 울리며 단단한 쇠를 갉아 들어갔다. 잠시 뒤 버팀 쇠가 고통스럽게 아래쪽으로 조금 기울어지더니, 간판 전체가 우당탕 요란한 소리를 지르며 땅 위로 떨어졌다.

휘를린이 길을 건너 철물공에게 다가가 공손하게 말을 걸었다.

"여보게. 그거 날 주게! 쓸모없는 물건이 아닌가."

"뭐에 쓰게요? 댁은 뉘시죠?"

젊은이가 퉁명스럽게 대꾸하자, 휘를린이 간청했다.

"나도 자네와 업종이 같네. 내 아버지가 철물업을 하셨지. 나도 한때는 그랬었고. 그러니 그거 날 주게!"

그사이에 젊은이는 간판을 세워 놓고 이곳저곳을 살펴보더니, 감정을 누그러뜨렸다.

"버팀 쇠는 아직 쓸 만하군요. 그 당시 만든 물건치고는 꽤 훌륭한데. 이쪽 양철판을 달라고 하시면 드리죠. 그건 필요 없어요."

철물공은 초록색 페인트칠이 된 양철판을 떼어 내서 그에게 넘겨주었다. 양철판에는 누렇게 퇴색한 찌그러진 황금 태양이 걸려 있었다. 노인은 선물을 받아 들고 감사를 전하며 그곳을 떠났다. 그는 다른 사람들이 탐내어 넘겨다보지 못하도록 그것을 산 높이에 있는 말오줌나무 덤불 속에 숨겨 놓았다. 마치 패전국의 용사가 훗날 세월이 좋아 조국이 영광을 다시 찾게 되는 날을 기약하며 군주의 휘장을 소중하게 은닉해 놓는 것처럼.

그 뒤 며칠 안 가서 새로이 건립된 초라한 양로원의 준공식이 조용하게 거행되었다. 침대가 몇 개 마련되었고, 그 밖의 집기들은 모두 주점을 매입할 당시 딸려 온 것이다. 침실은 세 개가 있었는데, 각 침실 벽마다 꽃무늬로 테두리 장식을 한 성경 문구가 붙어 있었다. 그것은 어떤 후원자가 기증한 것이다. 원장을 공모했으나 지원자가 별로 많지 않아 안드레아스 자우벌레가 수월하게 원장직을 맡게 되었다. 그는 모직 편둘공으로 홀아비였는데, 이곳에 들어오면서 자기가 쓰던 편물기도 함께 가져왔다. 원장직 수입만으로는 생활하기가 빠듯했기에 하던 일을 계속하기 위해서였다. 그는 만년을 태양족으로 살기가 싫었다.

방이 배정되기가 무섭게 늙은 휘틀린은 자기가 거처할 방의 구조를 샅샅이 살펴보았다. 창문은 뜰 쪽으로 나 있었고, 출입문이 두 개였다. 방 안에 침대와 트렁크가 하나씩 있었고, 의자 둘, 그 밖에 요강과 빗자루 그리고 걸레도 준비되어 있었다. 방 모퉁이에는 방수포를 씌운 구석용 선반이 설치되어 있었는데, 그 위에는 물컵과 양은 대야, 옷솔과 신약 성서가 한 권 놓여 있었다. 휘틀린은 실용성 있게 만든 침구류에 드러누워 감촉을 음미해 보고, 먼지가 잘 털리는지 옷솔로 모자를 털어 보기도 했으며, 물컵과 세숫대야를 들고 햇빛에 비춰 보기도 했다. 그리고 나서 두 의자에 번갈아 한 번씩 앉아 튼튼한지 살펴보기도 했다. 모든 게 흡족할 정도로 알맞게 갖추어 있었다. 불만스러운 게 하나 있다면 그것은 꽃무늬로 테두리 장식을 한 거룩한 그 경구였다. 그는 얼굴에 조소를 띠며 잠시 그것을 들여다보다가 소리 내어 읽었다.

"너희들은 서로 사랑하라!"

그는 인상을 찡그리며 헝클어진 머리를 좌우로 내젓더니 그것을 떼어 버렸다. 그러고는 그것이 붙어 있던 자리에 온갖 정성을 다해 그 낡은 태양 간판을 갖다 붙였다. 이것이야말로 그가 이곳으로 입주하면서 지니고 온 유일한 귀중품이었다. 그때 막 원장이 들어왔다. 원장은 그를 꾸짖으며 경구를 다시 제자리에 붙여 놓으라고 명령했다. 원장이 태양 간판을 내다 버리겠다고 가져가려 했으나, 화가 머리끝까지 치민 카를 휘틀린이 그건 자기 소유물이라고 고래고래 소리를 지르며 매달리는 통에 어쩔 도리가 없었다. 원장이 나간 뒤 휘틀린은 욕을 해 대며 그 전리품을 침대 밑에 감추었다.

다음 날부터 시작된 새로운 삶은 그가 기대했던 것과는 너무 달랐다. 그의 마음에 드는 것이라고는 하나도 없었다. 그는 아침 일곱 시 정각에 일어나야 했고, 그길로 편물공의 방으로 가서 커피를 마셔야 했다. 침구를 정리하고 세면 대야를 닦고 신발의 먼지를 털고 방을 깨끗이 청소해야 했다. 열 시가 되면 시커먼 빵 한 조각이 나오는데, 그것을 먹고 나면 그 지긋지긋한 작업, 뜰에 잔뜩 쌓인 너도밤나무들을 톱으로 베고 도끼로 쪼개는 작업이 시작되었다.

겨울이 오려면 멀어 휘클린은 장작 패는 일을 서두르려 하지 않았다. 그는 장작 거치대 위에다 장작을 천천히 조심스럽게 올려놓고도, 공연스레 꼼꼼히 살펴보고 다시 똑바로 놓고는 오른쪽? 왼쪽? 아니던 중간쯤? 하고 톱질할 자리를 한참 궁리한다. 그러고 나서 신중하게 톱을 얹어 놓는다. 그러나 그는 다시 나무에서 톱을 들어 손에다 침을 한 번 뱉고 나서 그것을 먼저 상태로 되돌려 놓고는 서너 차례 톱질해 손가락 하나 길이만큼 자른다. 그러곤 다시 일손을 멈추고 톱을 들어 꼼꼼하게 살펴본 후 톱끈을 바짝 조인다.

톱날을 한 번 만져 본 뒤, 톱을 비스듬히 세워 눈에 바짝 갖다 대고 한참 동안 뚫어지게 바라보고는 깊은 한숨을 토하며 잠시 휴식을 취한다. 그러다 그는 다시 일어나 톱질을 한다. 겨우 반 인치가량 썰어 들어갔을 무렵 그의 온몸은 참을 수 없을 정도로 화끈화끈 달아오른다. 그는 상의를 벗는다. 그 동작으로 말하자면 느리기가 이를 데 없다. 그가 상의를 놓기 위한 장소를 물색하는 데만도 한동안 걸린다. 한참 만에 깨끗하고 안전한 곳을 찾아 상의를 놓고, 다시 톱질을 시작한다. 이번에도 톱질은 오래가지 못한다. 해가 지붕을 넘어 그의 얼굴에 정면으로 비쳤기 때문이다. 그는 장작과 장작 거치대, 그리고 톱을 하나씩 낱개로 들어서 그늘진 곳으로 옮겨 놓는다. 그러는 동안 그의 얼굴에는 땀이 흘러내린다. 이마를 닦아 내기 위해 주머니를 뒤지나 삼베 손수건은 어느 주머니에도 들어 있지 않다. 그는 손수건이 상의 주머니에 들어 있음을 기억해 내고 상의를 벗어 놓은 곳으로 간다. 조심스럽게 상의를 펼쳐 든 그는 주머니에서 알록달록한 손수건을 꺼내 땀을 닦고 그 손수건에다 코도 풀고, 다시 손수건을 주머니에 집어넣고 조심스럽게 상의를 개켜 놓는다. 그는 새로운 기분으로 장작 거치대 쪽으로 돌아온다. 그러나 그는 종전에 수건 찾으러 갈 때 톱을 아무렇게나 놓고 간 것을 보고 다시 톱날을 꼼꼼히 손질한다. 드디어 그가 한숨을 크게 한번 내쉴 무렵에는 나무가 완전히 잘라졌다. 때는 이미 정오가 가까워 오고 있다. 탑에서 종소리가 울려 왔다. 그는 부리나케 상의를 걸치고 톱을 옆으로 밀어 놓은 채, 점심을 먹기 위해 집 안으로 달려 들어간다.

"정확도 하시구려. 시간 지키는 건 알아줘야 해."

편물공이 말했다. 찬모가 수프를 들여왔고, 곧이어 양배추와 베이컨 한 조각이 들어왔다. 휘틀린은 음식이 상에 오르기가 무섭게 부지런히 먹어 치웠다. 식사 뒤에 그는 작업을 다시 계속하라는 지시를 받았으나 이를 완강히 거부했다.

"나는 일이 아직 몸에 배지 않은 사람이요."

그가 화를 내며 꼼짝도 하지 않았다.

"난 지금 지칠 대로 지쳤소. 나도 이제 좀 쉬어야겠단 말이요."

편물공이 어깨를 한번 으쓱하더니 말했다.

"좋을 대로 하시지. 하지만 일하지 않는 사람에겐 오후 간식도 없다는 것 알아 두시오. 당신이 일을 하면 네 시에 과일주와 빵이 나올 게고, 그렇지 않으면 저녁 수프가 나올 때까지 아무것도 없을 줄 아시오."

과일주와 빵이라, 휘틀린은 내심 되뇌어 보고 어느 쪽을 택할지 한참 망설였다. 하는 수 없이 그는 장작더미 쪽으로 발길을 옮겼다. 그러나 막상 톱을 손에 쥐고 보니 한낮의 뜨거운 햇볕 속에서 일해야 한다는 것이 끔찍하기만 했다. 그는 들었던 나무를 다시 제자리에 놓고 거리로 나섰다. 길가에 떨어진 담배꽁초가 눈에 띄자 그걸 집어 주머니에 넣고 천천히 걸음을 옮겼다. 그렇게 오십 보쯤 걸어서 그는 거리 모퉁이까지 내려갔다. 그곳에서 숨을 돌리고, 길섶의 아늑하고 양지바른 곳에 자리를 잡고 앉았다. 많은 지붕과 그 아래쪽으로 시장이 그의 눈에 들어왔다. 계곡에 자리 잡은 그의 옛 공장도 눈에 띄었다. 이렇게 그는 첫 번째 태양족으로 이곳에 앉게 된 것이다. 그 뒤로 많은 그의 동료와 후배들이 오늘날까지도 여름날 오후나 혹은 오전과 저녁에 종종 이곳에 나와 앉아 하릴없이 빈둥거리고 있었다.

양로원에 들어가면 아무런 걱정 근심 없이 편안하게 여생을 보낼 수 있으리라 믿었다. 그러나 막상 그곳에 들어간 그다음 날 아침, 그토록 감당하기 힘든 일을 대하는 순간 그의 기대가 헛된 꿈으로 사라져 버리는 듯했다. 그런데 이제 바야흐로 그가 갈구했던 편안한 삶이 서서히 시작되는 것이 아닌가. 그는 이제 먹고 잠자는 것은 평생 걱정하지 않아도 되는 신분을 갖추게 되었다는 생각에 흐뭇해하면서 잔디에 죽치고 앉아 있었다. 포근한 햇살이 생기 잃은 그의 피부에 살포시 내리쪼였다. 그는 지난날 혈기 왕성하던 시절, 자신의 고뇌와 피땀이 배어 있는 저 아래 생활 광장을 내려다보며, 담배 꽁초에 불붙일 사람이 오기를 느긋하게 기다렸다. 어디선가 함석장이의 날카로운 쇠망치 소리가 들려왔다. 대장장이의 모루 소리는 조금 더 멀었다. 저만치 신작로 위에서 달리는 화물 자동차 소리도 나직하게 들려왔다. 도로 위 몇 군데에서 피어오르던 먼지가 크고 작은 굴뚝에서 엷게 솟아오르는 연기와 뒤섞여 공중으로 날아가고 있었다. 이렇듯 저 아래 시내에서는 사람들이 부지런히 망치질하고 줄질하며 땀 흘려 일하고 있는 동안 카를 휘틀린은 고고한 무아지경에 빠져 그것들을 유유자적하게 내려다보고 있었다.

네 시경이 되어서 그는 어슬렁어슬렁 원장의 방으로 들어갔다. 원장은 조그만 편물기의 레버를 규칙적으로 이리저리 움직이고 있었다. 그는 잠시 머뭇거리다 과일주와 빵은 어떻게 됐느냐고 물었다. 편물공은 그의 말을 대수롭지 않게 무시하며 그를 내쫓았다. 실망만 안은 채 그는 다시 그의 휴식처로 되돌아왔다. 그러곤 투덜거리며 한 시간 이상을 거의 졸면서 보낸 다음, 좁은 계곡에 땅거미가 내리는 것을 바라보았다. 예나 다름없이 그가 앉아 있는 위쪽은 아직도 따스하고 아늑했다. 그러나 그의 쾌적했던 기분은 점차 사라지기 시작했다. 그렇게 늘어지게 앉아 있다 보니 이제 슬슬 권태가 몰려왔다. 게다가 오후 간식을 놓쳐 버렸다는 생각이 자꾸 떠올랐다. 그의 눈앞에 과일주가 가득 찬 유리잔이 노란빛을 발하며 아른거렸다. 새콤달콤한 향기도 풍겨 왔다. 그는 상상의 날개를 편다. 차가운 감촉이 느껴지는 둥근 유리잔을 손에 들고 살며시 입술을 갖다 댄다. 처음에는 한 모금 가득 삼키고, 그다음부터는 천천히 아껴 가며 홀짝홀짝 들이마신다. 그러나 이토록 황홀한 꿈에서 깨어나는 순간 그는 분노에 찬 한숨을 내쉬었다. 몰인정한 원장이 한없이 원망스러웠다. 그놈의 편물공, 아니 가련한 구두쇠, 노랑이, 백정 놈, 인신매매범, 지독한 유대인 놈, 하고 그는 되는대로 마구 욕을 퍼부었다. 실컷 떠벌이고 난 그는 자신이 서글퍼졌다. 거의 울상이 된 그는 마침내 다음 날부터는 일을 해야겠다고 마음먹었다.

계곡에 희미한 어둠이 깔리고 구름이 붉게 물들어 가고 있었다. 아름답게 물드는 저편 저녁노을 아래 먼 산들이 내밀하게 푸른빛으로 변하고 있건만, 그의 눈에는 아무것도 들어오지 않았다. 그의 눈에는 오로지 놓쳐 버린 과일주가 아른거릴 뿐이었다. 그는 내일이면 예외 없이 닥쳐올 일, 자신의 모진 운명을 생각하고 있었다. 그는 하루 종일 술을 한 모금도 입에 댈 수 없는 날이면 매번 이런 생각에 빠져들곤 했다. 지금 이 순간 소주 한 잔만 있었던들 그는 결코 이런 생각을 하지 않았을 것이다.

저녁 식사를 할 무렵, 그는 구부정한 허리에 볼이 잔뜩 부어 양로원으로 내려왔다. 식탁에 가 앉으면서도 그는 연방 투덜거렸다. 식탁에는 수프와 빵

그리고 양파가 나왔다. 그는 분노에 차서 그릇에 있는 음식을 아귀같이 다 먹어 치웠으나, 유감스럽게도 마실 것은 하나도 없었다. 식사를 마친 뒤 그는 하릴없이 그냥 멍하니 앉아 있을 수밖에 없었다. 그는 무얼 해야 좋을지 몰랐다. 마실 것도 없고, 피울 것도 없고, 말상대도 없지 않은가! 편물공은 휘를린 따위는 거들떠보지도 않은 채 등불 옆에서 여전히 부지런을 떨었다.

  휘를린은 반 시간가량 빈 식탁 앞에 앉아서 자으벌레가 달각거리는 편물기 소리를 들으며 램프의 노란 불꽃을 바라봤다. 불만과 자기 연민의 감정 그리고 시기와 분노의 늪에 깊이 빠진 채, 그는 여기서 빠져나갈 길을 찾지 못할 뿐 아니라 시도도 하지 못하고 있었다. 이제 모든 게 절망적이라는 생각이 들자, 그의 가슴속에서 조용히 끓어오르던 분노가 폭발하고 말았다. 그는 주먹을 높이 들어 식탁을 쾅 하고 세차게 내려치면서 외쳤다.

  "이 천하에 몹쓸 악마 같은 불한당 놈아!"
  "무슨 짓이요!"
  편물공이 그에게로 다가왔다.
  "또 뭐가 잘못되었소? 나한테 그렇게 욕을 해 대서 좋을 게 있을 것 같아!"
  "빌어먹을, 도대체 내가 할 일이 없질 않소?"
  "그래, 그렇게 심심하시다고? 그럼 가서 잠이나 주무시지?"
  "계속 그러기요? 이 시간에 어린애들이나 잠자는 거지, 나보고 잠을 자라니 당치도 않은 소리요."
  "그럼 내 당신에게 조그만 일거리를 갖다 드리지."
  "일거리라고? 그렇게 혹사해 주시니 고맙다는 인사라도 해야겠지, 이 노예 장사꾼아!"
  "어이, 제발 진정하라고! 여기 책이나 읽어 보시지."

그는 몇 권 안 되는 책이 꽂혀 있는 서가에서 책을 서너 권 꺼내 휘틀린에게 넘겨주고 다시 일자리로 돌아갔다. 휘틀린은 책 읽을 기분이 전혀 나지 않았으나 마지못해 한 권을 손에 집어 들고 책장을 폈다. 그것은 달력이었다. 그는 그 속의 그림들을 훑어보았다. 첫 장 표지의 그림은 환상적인 옷을 입고 있는 멋진 부인이었다. 아니 어떻게 보면 처녀 같기도 했다. 맨발에다 곱슬머리를 풀어 헤치고 있었다. 휘틀린은 마침 자기가 지니고 다니던 몽당연필이 생각났다. 그는 주머니에서 연필을 꺼내 들고 침을 바른 뒤, 여자의 코르셋에다 커다랗고 둥그런 유방을 그려 넣었다. 계속 연필에 침을 발라 가며 그는 한 번 지나간 연필 자국 위에 몇 번이고 그렇게 반복해서 그려 댔다. 끝내는 종이가 거의 찢어질 정도로 너덜너덜해졌다. 그는 다음 장을 넘겨봤다. 여러 장에 걸쳐 연필 자국이 깊게 파여 있는 것을 본 그는 기분이 흐뭇해졌다.

두 번째 장에는 동화 같은 그림이 그려져 있었다. 요괴 같기도 하고 폭군 같아 보이기도 하는 사람이 성난 눈에다 위협적이고, 호전적인 코밑수염을 하고 커다란 입을 쩍 벌리고 있었다. 노인은 열심히 그 괴물 바로 옆에 큼직하고 또렷한 필체로 다음과 같이 적었다.

    이 자는 편물공 원장 자우벌레다.

그는 이 달력 전부를 그런 식으로 그리고 쓰고 해서 망쳐 놓을 심산이었다. 그러나 다음 장의 그림이 어찌나 그를 강력하게 사로잡았는지 그러한 생각을 잊고 말았다. 그것은 어떤 공장이 폭발하는 장면을 그린 그림이었다. 세찬 증기와 불기둥이 마구 솟아오르면서 그 주위로 사람의 몸이 반쪽 나거나 통째로 튀어 오르고 있었고, 벽이 부서져 나간 파편들 하며 기왓장, 의자,

들보, 기타 나무 조각들이 공중에서 어지럽게 춤을 추고 있었다. 바로 이러한 것들이 그의 마음을 사로잡았다. 그는 폭발 사연이 궁금했다. 특히 그가 흥미 있게 생각한 것은 폭발 당시 그렇게 공중으로 떠오른 사람들의 심정이 어떠했을까 하는 점이었다. 그 점이 그를 매료시켰고, 숨이 막힐 정도로 그를 열광시켰다.

이 자극적인 그림에 대한 그의 상상력이 한계점에 도달했을 무렵에야 그는 다음 장을 넘겼다. 그런데 채 몇 장 넘기다 말고 그의 시선이 또 한 번 어떤 작은 그림에 꽂혔다. 그러나 이번에는 먼젓번과 전혀 다른 유형의 그림이었다. 이번 것은 친근감을 주는 밝은 색깔의 목판화였다. 아름다운 정자가 새겨진 그림이었는데, 정자의 추녀 끝에 별이 그려진 주점 간판이 걸려 있었고, 그 별 위에서는 작은 새 한 마리가 입을 활짝 벌린 채 목청껏 노래를 부르고 있었다. 정자 안에서는 한 무리의 젊은이들이 정원용 탁자에 둘러앉아 담소를 나누며 말간 유리병에서 맛있는 포도주를 따라 마시고 있었다. 그들은 대학생이나 일용직인들 같아 보였다. 그림 가장자리에는 다 쓰러져 가는 성곽의 성문과 성탑이 하늘에 걸려 있고, 배경으로 라인 계곡 같아 보이는 아름다운 경치가 깔려 있었다. 강물 위에는 유람선들이 노닐고, 먼 곳에는 산맥들이 희미하게 가물거리고 있었다. 술을 마시고 있는 젊은이들은 모두 예쁘장했다. 매끈한 얼굴에 수염을 기르기도 한 이들은 사랑스럽고 유쾌한 표정으로 그들의 우정과 사랑을, 유서 깊은 라인 강과 신이 주신 푸른 하늘을 술로 찬미하는 듯했다.

판화를 보고 있던 고독하고 불평 많은 노인은 문득 지난날의 영화롭던 시절을 떠올렸다. 그때만 해도 와인 따위는 부담 없이 얼마든지 마실 수 있었다. 즐겨 마시던 양질의 술, 그 술이 담긴 숱한 술잔들이 생각났다. 그러나 그는 자신이 이 젊은이들처럼 진정으로 한껏 즐겨 보지는 못했다는 생각이 들었다. 그는 여러 경험을 했던 젊은 시절에도 일개 철물공에 지나지 않는 신세였다. 여름날 정자 속의 유쾌한 이 분위기, 구김살 없고 때묻지 않은 젊은이들의 흥겨운 표정은 그를 슬프게 했고, 노엽게 만들었다.

그의 마음 한구석에서는 이것 모두가 단지 어떤 화가의 창작, 즉 허구요 현실 미화에 지나지 않는다는 생각이 들었다. 하지만 어떻게 보면 실제로 이 세상 어딘가에 그런 멋진 정자와 귀엽고 유쾌하고 걱정 없는 젊은이들이 살고 있을 것 같기도 했다. 그들의 명랑한 모습이 그에게 질투심과 동경을 불러일으켰다. 그들의 모습을 오래 들여다보면 볼수록 그에게는 더욱더 얄궂은 기분이 들었다. 그것은 마치 그가 좁고 작은 창문 틈으로 잠시 들여다본 별세계와 같았다.

이 세계는 그가 평생을 살아오면서 보았던 것보다는 한결 아름다웠고, 그 속에 있는 젊은이들도 훨씬 자유롭고 선량해 보였다. 그는 자기가 지금 들여다보고 있는 세계가 어떤 낯선 세계인지를 몰랐다. 그는 문학 작품을 읽는 사람들이 느끼는 그런 느낌을 자신도 가지고 있다는 것을 몰랐다. 그는 이러한 느낌을 그 어떤 달콤한 것으로 음미할 줄 몰랐다. 화가 난 그는 달력을 덮고 그것을 식탁 위로 휙 던져 버리고 자기 방으로 건너갔다. 희미한 달빛이 침대와 마룻바닥과 트렁크를 비추고 있었다. 물이 가득 담긴 세숫대야에서도 달빛이 아른거렸다. 아직 이른 시간이건만 주위는 고요하기 이를 데 없었다. 조용한 달빛과 커다란 방이 이 거친 노인에게도 못 견디게 외로웠다. 그는 나직하게 투덜거리며 욕을 해 대다가 늦은 시간이 되어서야 잠자리에 들었다.

그 뒤 나무를 베어 과일주와 빵을 얻어먹는 날과 게으름을 피워 간식을 굶는 날들이 교차했다. 이따금 그는 언덕 길가 잔디밭에 앉아 독기를 품고 아래쪽 도시를 향해 침을 뱉으면서 울분을 토했다. 편안한 안식처에서 즐거운 나날을 보낼 수 있으리라 믿었던 기대가 무너져 내린 지금 그의 가슴에 남은 것은 분노와 회한뿐이었다. 툭하면 편물공과 싸움질을 벌이거나 아니면 혼자서 묵묵히 모멸감과 불쾌감 또는 권태감 따위를 되씹기가 일쑤였다.

한편, 이즈음 어떤 가정집에서 숙식하던 시의 구호 대상자 중 한 사람이 그 집의 기간 만료로 어느 날 〈태양〉으로 들어왔다. 그러니까 그는 두 번째 거주자가 되는 셈이었다. 그는 루카스 헬러라는 사람으로 전직은 밧줄 제조 기능장이었다.

휘를린은 사업이 망하는 바람에 술꾼으로 전락했지만, 헬러라는 사람은 그와는 정반대의 경우였다. 헬러는 휘를린처럼 부귀영화를 누리다가 갑자기 몰락한 사람이 아니라 평범한 수공업자 신세에서 서서히 망해 형편없는 룸펜으로 몰락한 위인이었다. 강인하고 억센 그의 마누라조차 끝내 그를 구제하지 못했다. 그녀는 그보다 훨씬 튼튼해 보였으나, 남편 때문에 공연히 속을 끓이다가 그만 일찍 죽고 말았다. 그에 반해 아무짝에도 쓸모없는 그녀의 남편은 끈질기게 건강을 누리고 있었다. 그는 자신이 지지리도 마누라 복이 없고 밧줄 제조업에도 지독하게 운이 없으며, 자신의 재능과 노력에 비해 너무 가혹한 운명에 시달리고 있다고 생각했다.

휘를린은 이 사람이 온다는 소식을 듣고 잔뜩 기대에 부풀었다. 그로선 혼자 지내기가 정말 지긋지긋해졌기 때문이다. 그러나 막상 헬러가 접근해 오자 그는 옛 공장주 티를 내느라고 지엄하기 이를 데 없었다. 그는 헬러에게 말조차 거의 건네려 하지 않았다. 심지어 헬러의 잠자리가 그의 방으로 정해졌을 때 그는 속으로는 좋으면서도 겉으로는 투덜거리기까지 했다.

저녁 식사를 마치고 나서도 동료라는 사람이 고집스럽게 침묵을 고수하자, 밧줄 제조공은 하는 수 없이 책을 손에 집어 들었다. 그가 책을 읽는 동안 휘블린은 그의 맞은편에 앉아 그의 거동을 불신에 찬 눈초리로 유심히 뜯어봤다. 그때 밧줄 제조공이 재미있는 얘기를 읽었는지 웃음을 터뜨렸다. 휘블린은 그가 무얼 보고 그렇게 재미있는지 궁금증이 나서 안달이 날 지경이었다. 그러나 헬러가 책에서 눈을 떼고 그 웃음거리를 그에게 설명해 줄 눈치를 보이자, 그는 금세 정색하고 식탁 위를 기어가고 있는 하루살이를 열심히 바라보는 척했다.

그들은 기나긴 저녁 시간을 그렇게 줄곧 쭈그리고 앉아 있었다. 한 사람이 책을 읽다가 말을 걸려고 하면, 그때까지 그를 쭉 보고 있던 상대편은 저쪽에서 얼굴 들기가 무섭게 거만하게 굴며 외면했다. 한편 원장은 꾸준히 밤을 향해 뜨개질해 댔다. 휘블린의 표정은 점점 더 험상궂어졌다. 하지만 실제로 그는 이제 침실에 혼자 들어가지 않아도 된다는 생각에 내심 얼마나 기쁜지 몰랐다. 종탑이 열 시를 울리자 원장이 입을 열었다.

"이제 두 분 다 잠자러들 가시오."

두 사람은 자리에서 일어나 침실로 건너갔다.

두 사람이 어슴푸레한 방 안에서 말없이 무뚝뚝하게 옷을 벗고 있을 즈음이었다. 휘블린은 마침내 상대방의 의중을 떠볼 시간이 왔다는 생각이 들었다. 기다리고 기다렸던 동료와 모든 걸 터놓고 이야기하고 싶었다.

"이제 우리 두 사람뿐이군."

휘블린이 말을 건네면서 상의를 의자 위로 던졌다.

"그렇군."

헬러가 응수했다.

"여긴 돼지우리야."

휘를린이 말을 이었다.

"그래? 확실히 알고 하는 얘긴가?"

"확실히 아느냐고! ― 두고 봐. 내 장담하지. 암, 그렇고말고."

"여봐, 자넨 밤에 속옷을 벗고 자나 아니면 입고 자나?"

헬러가 물었다.

"여름에는 벗고 자지."

헬러도 속옷을 벗었다. 그는 알몸으로 삐걱거리는 침대 안으로 들어갔고 얼마 안 있어 이내 숨을 거칠게 몰아쉬었다. 그러나 휘를린은 아직 듣고 싶은 얘기가 더 있었다.

"벌써 자나, 헬러?"

"아닐세."

"그렇게 서둘러 잘 필요 없어. ― 참, 자네 밧줄 제조공이었다지?"

"맞아, 그랬었지. 난 밧줄 제조공의 우두머리였네."

"그럼 지금은?"

"지금? 그런 뚱딴지같은 질문 할 거면 나한테 말 걸지 말게."

"허, 꽤나 똑똑한 체하시는군. 이 멍청한 친구야, 밧줄 제조공 윗대가리 정도로는 어림도 없어. 난 공장장이었단 말이야, 공장장. 알아들어?"

"그렇게 핏대 올릴 거 없어. 나도 벌써 알고 있어. 그래, 그 뒤론 도대체 뭘 했는데?"

"그 뒤가 어때서?"

"거참, 좋은 질문이군! 아마 감방 신세였을걸."

"자네 독실한 신자인 모양이군. 구세군 앞잡이쯤 되는가 보지?"

휘를린은 신이 나서 목소리마저 커졌다.

"나 말인가? 말 한번 잘했네! 난 독실하진 않지만 아직까지 감방엔 한 번도 가 본 적이 없다네."

"자넨 그런 데 들어갈 자격도 없어. 거기 들어간 사람들은 하나같이 아주 멋진 신사들이라고."

"아, 그래! 자네처럼 그렇게 멋진 신사들이라고? 물론 그러시겠지. 이 사람, 몸 둘 바를 모르겠군."

"다들 자네처럼 얘기하지. 감방을 아는 사람이나 모르는 사람이나 한결같이들 말이야."

"바로 내가 하고 싶은 말이야."

"정신 좀 차리게, 자네! 밧줄 일은 왜 그만뒀는데?"

"아, 이제 말 좀 시키지 말게! 밧줄 사업은 잘됐다고. 마귀는 어디가 있었는지. 다 마누라 때문이야."

"마누라라고? 마누라가 술이라도 퍼마셨나?"

"거, 또 뚱딴지같은 소리! 아니야, 술은 남자가 마시는 거야. 마누라가 술을 마신 게 아니라 내가 마셨지. 하지만 어쨌든 잘못은 마누라한테 있어."

"그래? 마누라가 무슨 잘못을 저질렀기에?"

"더 이상 묻지 마라!"

"자식도 있어?"

"사내 녀석이 하나 있지. 미국에 가 있어."

"그놈 잘 생각했네. 우리 신세보다는 낫겠군."

"그랬으면 오죽이나 좋겠나. 지금도 돈 보내 달라고 편지질이야. 못난 놈! 결혼도 했다네. 그놈 떠나던 날 난 이렇게 말했네. '프리더, 건강하게 잘 살아라. 네가 좋아하는 것이 있으면 잘해 보거라. 하지만 결혼은 하지 마라. 그랬다가 너는 망하고 만다.' — 내 말 안 듣더니 결국 그 꼴이 나고 말았네. 참, 자넨 마누라가 없다고 했지?"

"그래, 하지만 마누라가 없어도 망하는 놈은 망해. 자네 생각은 어때?"

"하긴 사람 나름일 테지. 내 경우엔 그 미련한 마누라만 없었어도 아직까지 밧줄 제조공 수장 노릇을 하고 있을 텐데."

"그, 그래."

"자네 방금 뭐라고 그랬지?"

휘틀린은 대답하지 않았다. 그는 잠이 든 척했다. 그 딴에는 밧줄공이 그런 식으로 마누라 얘기를 꺼내기 시작하면 끝이 없을 것 같다는 생각이 들었다.

"그래 자라, 이 멍청아!"

헬러가 악을 썼다. 그러나 그는 더 이상 말을 걸지 않고 한동안 의식적으로 숨을 크게 쉬다가 진짜로 잠이 들었다.

밧줄공은 열여섯 살 때부터 잠을 조금 자는 습관이 몸에 밴 터라 다음 날 아침이 되자 제일 먼저 눈을 떴다. 반 시간가량 그는 자리에 그대로 누운 채 멍하니 하얀 천정만 쳐다보고 있었다. 여느 때 같으면 몸이 무겁고 사지가 뻑적지근했을 텐데 오늘은 몸이 가벼운지, 그는 아침바람처럼 살며시 자리에서 일어나 맨발로 살금살금 휘틀린의 침대로 건너가 의자 위에 걸쳐 놓은 휘틀린의 옷을 집어 들었다. 그러고는 조심스럽게 주머니를 뒤졌다. 그러나 상의 주머니에 든 몽당연필 한 자루 말고는 아무것도 찾아내지 못했다. 그는 몽당연필을 자기 주머니에 쑤셔 넣은 다음 동료의 양말을 집어 들었다. 양말에 구멍이 뚫려 있는 것을 본 그는 두툼한 엄지손가락 둘을 그 속에 집어넣어 구멍을 더 크게 만들어 놨다. 그런 다음 그는 조심조심 자기의 따뜻한 침대로 돌아갔다.

그렇게 눈을 감고 있는데, 드디어 휘플린이 부스럭거리며 일어나서 그에게 다가가 물방울을 떨어뜨렸다. 그는 재빨리 일어나 바지를 주워 입으면서 아침 인사를 건넸다. 그가 늑장을 부리며 옷을 입자 공장주가 빨리 가자고 재촉해 댔으나 그는 느긋하게 말했다.

"그래, 자네 먼저 건너가게. 나도 곧 따라갈 테니까."

휘플린이 나가자 헬러는 안도의 한숨을 내쉬었다. 그는 재빨리 세숫대야를 집어 들어 그 속에 담겨 있던 맑은 물을 창밖 뜰 아래로 쏟아 버렸다. 그는 세수하기가 죽기보다 싫었다. 이렇게 지긋지긋한 일에서 해방된 그는 서둘러 옷을 입고 종종걸음으로 커피를 마시러 갔다.

침구 정리와 방 청소 그리고 신발 닦기가 끝났다. 물론 그 작업은 잡담이 풍성하게 오가는 가운데 천천히 진행되었다. 둘이 함께 일하다 보니 공장주에게는 이전에 혼자서 할 때보다 한결 유쾌하고 일이 수월하다는 생각이 들었다. 심지어 평소에 그렇게 지겹게 느껴지던 나무 베는 일조차 오늘은 별로 두려운 생각이 들지 않았다. 원장의 지시를 받고 약간 망설여지기는 했으나, 그는 밧줄공과 함께 그럭저럭 유쾌한 심정으로 뜰로 내려갔다.

편물공이 그토록 화를 내며 심하게 들볶아 댔는데도 일하기 싫어하는 공장주가 끈질기게 버티는 통에 지난 몇 주간에 걸친 작업량은 이렇다 할 변화를 보이지 않았다. 나무 더미는 여전히 산더미만큼 크고 높았으며, 반면에 톱으로 베어 놓은 장작은 겨우 열서너 개비 남짓했다. 장작은 한쪽 구석에 조그맣게 포개져 있었는데, 어린아이가 기분이 내킬 때 일하고 그렇지 않으면 그냥 멋대로 내버려 둔 것 같은 모양을 연상시켰다.

두 늙은이는 공동 작업을 해야 할 처지였다. 톱뿐만 아니라 장작대 또한 한 개밖에 없어, 서로가 어울려 협심해서 일하지 않으면 안 될 상황이었다. 준비 운동을 서너 번이나 하고 한숨을 쉬고, 또 잡담을 하고 난 그들은 내키지 않는 마음을 추스르고 본격적으로 일에 착수했다. 그런데 유감스럽게도 카를 휘틀린의 벅찬 기대가 한갓 덧없는 꿈이 되어 버리고 말았다. 두 사람의 작업 방법이 근본적으로 차이를 드러냈기 때문이다.

두 사람 모두 나름대로 독특한 작업 방법을 가지고 있었다. 그들은 천성적으로 게으른 인간이었는데, 그래도 약간의 양심은 남아 있어서 서로 부지런 떠는 척을 했다. 두 사람은 결코 일을 좋아하는 편이 아니었다. 하지만 외형상으로나마 뭔가 자신의 나태함을 감추려 들었다. 두 사람은 이것을 표현하는 방법이 판이했다. 이들 용도 폐기된 사나이들은 운명적으로 서로 동료가 될 수밖에 없는 사이였건만, 뜻하지 않게도 여기에서 성격과 기호의 차이가 두드러졌다.

휘틀린은 그 어떤 것 하나도 제대로 해내는 것이 없는 주제에 일에는 끈질기게 열중했다. 아니 바로 말하면 열중하는 척했다. 간단한 작업도 일단 그의 손에 들어가면 기묘하게도 아주 복잡한 과정으로 변했다. 그는 조그만 작업 동작도 가능한 한 아끼는가 하면, 그 속도도 점점 늦췄다. 간단한 두 동작, 예컨대 톱을 잡는 동작과 그것을 나무에 갖다 대는 동작 사이에 그는 쓸데없는 짓이나 힘 안 들이는 짓을 한참 해 댔다. 그렇게 흐느적거리면서 그는 오로지 일을 멀리할 수 있는 방법을 찾는 데에만 골몰했다.

이러한 그의 행동은 형 집행을 연장하기 위해 가능한 한 이것저것 되는 대로 끌어 대서 당국자가 어쩔 수 없이 집행일을 연기하게 만드는 사형수의 그것과 흡사했다. 그의 이 방법은 성공적이었다. 규정된 시간 내에 땀도 조금씩 흘려 가며 꾸준히 작업을 계속해 나가지만, 막상 규정된 시간이 끝나면 이렇다 하게 해놓은 결과물이 없었다.

이렇듯 교묘하고 실리적인 방법을 헬러가 이해해 주길 바랐고, 또 지원해 주기를 기대했으나, 그의 꿈은 완전히 물거품이 되고 말았다. 밧줄공은 본질적으로 그와 다를 바가 하나도 없었으나, 그 시행 방법은 전혀 달랐다. 밧줄공은 일하기로 결심하는 것도 발작적인데, 일단 결심이 서면 비장한 각오로 거품을 물며 혼신을 다해 일에 매달렸다. 그렇게 죽기 살기로 일을 하다가 정작 땀이 흐르고 톱밥이 날리면 그는 노발대발했다.

하지만 그것도 잠시뿐, 다음 순간 그는 아예 녹초가 돼 버렸다. 그래도 제 딴에는 양심에 거리낌 없을 정도로 일했다는 듯이 그 뒤부터는 벌렁 나자빠져 팔자 좋게 쉬었다. 그런 식으로 한참 쉬고 나면 예의 그 발광이 시작되고, 욕설을 퍼붓다 퍼져서 휴식을 취하곤 했다. 이러한 작업 방식의 결과는 공장주의 그것과 크게 차이가 나지 않았다.

이질적인 성향으로 두 사람이 연출하는 행위는 심한 거부감과 불화를 일으킬 수밖에 없었다. 급하지만 쉬지 않고 일하는 헬러의 작업 방식이 공장주의 비위에 몹시 거슬리는 것이라면, 공장주의 방만하고 느려 터진 작업 태도 역시 헬러에게는 무척이나 혐오스러웠다.

밧줄공이 발작적으로 부지런 떨기 시작하면 놀란 휘틀린은 서너 걸음 뒤로 물러서서 경멸에 찬 시선으로 그를 쳐다보는가 하면, 숨을 헐떡거리며 땀 흘려 일하던 헬러는 숨을 멈추고 게으름을 피우는 그에게 한바탕 욕을 퍼부었다. 그가 소리를 질렀다.

"그렇게 보고만 있어라! 쳐다보고만 있으라고, 이 게으름뱅이 날도둑놈아!

넌 남이 뼈 빠지게 일해 줘야 속이 시원하겠니? 어련하시려고, 공장주 나리께서. 내가 보건대 넌 얼마든지 일할 수 있는 놈이면서도 한 달 동안 매일 똑같은 장작만 패고 있단 말이야."

이런 욕이 사실이든 명예 훼손감이든 간에 휘를킨에게는 별로 큰 반응을 불러일으키지 못했다. 실제로 그가 밧줄공에게 빚진 것이라고는 하나도 없었다. 헬러가 지친 몸으로 옆자리에 쪼그려 앉자마자 그가 이제 되돌려 주기 시작한다. 그는 밧줄공에다 대고 멍청이라느니, 꽃을대 같은 놈, 경솔한 놈, 어리석은 놈, 첨탑 도금장이, 감자바위, 천하에 더컥운 놈, 청어 대가리, 땅꾼, 깜둥이 추장, 케케묵은 소주병 등 수없는 욕을 퍼부었다. 그러면서 그는 금방이라도 싸울 듯한 기세로, 세상이 빙글빙글 돌아가고, 열두 사도가 도둑 패거리처럼 보일 만큼 대가리를 흠씬 패 주겠노라고 위협해 댔다. 그러나 이렇게 위협적인 언사가 실제로 행동에 옮겨진 적은 한 번도 없었다. 그것은 단지 말로 그칠 뿐이었으며, 상대방 또한 그 말을 그리 두렵게 여기지는 않았다. 몇 번인가 그들은 원장에게 상대방에 대한 툴평을 늘어놓았으나, 자우벌레는 그들의 얘기를 들어줄 만큼 그렇게 어리석지는 않았다.

"이 한심한 작자들아, 당신들은 이제 철부지 학생이 아니야. 난 그따위 말싸움에 끼어들고 싶지 않으니까 그만들 해, 제발!"

원장이 화를 내며 말했다.

그런데도 그들은 얼마 뒤에 또다시 원장을 찾아가 서로 중상을 늘어놓았다. 그 때문에 공장주의 점심 밥상에는 고기가 빠졌다. 그가 항의하자 편물공이 말했다.

"그렇게 흥분하실 필요 없어, 휘를린. 벌을 받아야 해요. 헬러가 말하는 걸 들어 보니까 당신이 또 시비를 걸었다더군."

그러자 밧줄공은 뜻하지 않게 굴러들어 온 승리 앞에 쾌재를 불렀지만, 저녁에는 입장이 완전히 뒤바뀌었다. 저녁 식사에는 헬러가 수프를 얻어먹지 못했다. 교활한 두 인간은 자신들이 지나치게 약았음을 깨달았다. 결국 고자질은 여기서 끝을 맺었다.

그러나 그들의 싸움질은 그칠 사이가 없었다. 아주 드문 일이기는 하지만 이따금 그들이 그 위쪽 잔디밭에 앉아서 쉴 때가 있었다. 그럴 때면 그들은 주름진 목을 길게 빼고 그들 앞을 지나다니는 행인들을 바라보며 한 시간가량 잠시나마 서로 간에 마음의 교류를 꾀했다. 그들은 서로 세상인심을 한탄하고 편물공을 헐뜯으면서, 빈민 대우가 어떻다느니, 양로원의 커피가 너무 묽다느니 하고 불평을 늘어놓았다. 그 밖에도 그들은 자신의 정신적 자산을 교류했는데, 밧줄공의 얘기는 주로 여성 심리학 단상이었고, 휘틀린의 경우는 그에 반해 편력기라든가 환상적이고 거창한 경제 이론 서설 같은 것이었다.

"여보게, 사람이 결혼하게 되면 ─ "

헬러는 항상 이런 식으로 서두를 뗐다. 그런가 하면 휘틀린은 자기 차례가 오면 '누가 천 마르크만 나한테 준다면 ─ '이라거나 또는 '내가 저 아래 졸링엔에 있을 때 말이야.' 하고 이야기를 시작했다. 그는 몇 년 전에 졸링엔에서 꼭 석 달간 일한 적이 있었다. 그러나 그가 그곳에서 일어났던 일들을 그토록 소상하게 얘기하는 것을 들어보면 신통하기 그지없었다.

이렇게 한참 떠들어 대다 입이 지치면 그들은 말없이 담배빨부리를 입에 물고 씹어 댄다. 그들의 빨부리에는 대체로 담배가 꽂혀 있지 않았다. 뼈마디가 앙상한 두 무릎 위에 양팔을 올려놓은 채, 그들은 도로 위 아무 데나 대고 침을 퉤퉤 뱉어 내면서 늙어 꼬부라진 사과나무 너머로 시내 쪽을 뚫어지게 바라본다. 그들은 분명 그 도시로부터 밀려난 낙오자들이다. 그러나 그들은 자신의 불행이 오로지 그 도시 때문이라고 떠들어 대면서 모든 책임을 그쪽으로 돌린다. 그러다가 그들은 서글퍼져서 한숨을 내쉬는 것이다. 그들의 손동작에는 힘이 없다. 자신이 늙어서 시들고 있다는 생각에 한숨짓는다. 이러한 기분은 한참이고 계속된다. 그러나 그들의 우울한 마음은 원한으로 뒤바뀌고, 이렇게 해서 일어난 폭풍은 대체로 반 시간가량 족히 지속된다. 시비를 먼저 거는 쪽은 대개 루카스 헬러였다. 그가 먼저 야유를 던졌다.

"저기 아래쪽 좀 내려다보게!"

헬러가 외치면서 계곡 쪽을 가리켰다.

"도대체 뭔데 그래?"

휘를린이 투덜거리며 응수했다.

"뭘 물어보고 자시고 하나! 보면 뻔히 알 노릇이지."

"뭘 가지고 그러느냐까, 이 염병할 인간아?"

"저기 휘를린이라는 사기꾼이 경영하던 털실 공장이 보이는군. 지금은 달레스 회사가 됐지. 그 사람들 참 돈도 많은 사람들이야!"

"너 〈독수리집〉으로 좀 나와!"

휘를린이 중얼거렸다.

"그래? 거참, 고마운 말인데."

"너 날 나쁜 놈으로 만들 셈이야?"

"네 입으로 말하지 않더라도 넌 이미 나쁜 놈인걸."

"이 똥 같은 밧줄공 놈아!"

"이 날도둑놈아!"

"이 술주정뱅이야!"

"네가 술주정뱅이야, 이놈아! 넌 오로지 점잖은 사람들에게 욕을 퍼붓기 위해 태어난 놈이야."

"네놈 이빨을 일곱 개쯤 빼 버리고 말 테다."

"난 네가 병신이 되도록 패 줄 테다, 이 건방진 파산자 놈아!"

이렇게 해서 또다시 싸움이 벌어지는 것이다. 이 지방에서 유행하고 있는 욕이란 욕을 다 써먹고 나면 이들 두 익살 광대는 자기네들끼리 새로운 욕을 숱하게 만들어 낸다. 그렇게 또 온갖 잡소리를 늘어놓다가 그것마저 고갈되면 이들 두 싸움닭은 지친 나머지 분을 삭이지 못해 씩씩거리며 어슬렁어슬렁 거처로 돌아온다.

두 사람은 결코 다른 뜻이 있어서가 아니었다. 다만 이들은 어떻게 해서든 상대방을 조금이라도 짓누르고 자신이 그 위에 올라서 보려는 것이다. 휘를린이 좀 더 머리가 잘 돌아가는 인간이라면, 헬러는 좀 더 교활한 인간이었다. 게다가 편물공이 어느 쪽 편도 들지 않았기 때문에 이들 중 어느 한 사람에게 승리가 돌아간 적은 한 번도 없었다. 이들이 똑같이 바라는 게 있다면, 그것은 어떻게 하면 좀 더 양로원 생활에서 존경받고 편안한 지위를 확보할 수 있을까 하는 것이다. 그러기 위해 그들은 줄기차게 온갖 궁리를 다 짜냈다. 하지만 그들이 각자의 본분을 얄팍하게나마 지켜 나갔기 때문에 그나마 반쪽이라도 건질 수 있었지, 그렇지 않았으면 태양족 신세조차 지지 못하고 영원히 표류선을 타고 말았을 것이다.

높이 쌓여 있던 뜰 안의 장작더미도 그럭저럭 서서히 줄어들어 갔다. 얼마 남지 않은 작업은 훗날로 미뤄지고, 당분간 다른 작업이 시작되었다. 헬러는 날마다 동장 집 정원에 가서 일했고, 휘를린은 원장의 감시하에 샐러드를 씻고, 불콩을 골라내고, 완두콩 껍질을 벗겨 내는 따위의 비교적 편한 일을 하게 되었다. 그는 무리하게 일할 필요가 없게 되었는데도 쓸모 있는 사람이 되었다. 이렇듯 하루 종일 떨어졌던 탓인지 그간에 쌓인 이들 간의 적대감도 근래에는 서서히 해소되어 가는 듯했다. 그러나 그들은 자기가 좀 더 잘났기 때문에 상대편보다 더 나은 일자리를 차지했다고 은근히 자부하고 있었다. 그렇게 여름이 가고 이제 빨갛게 물든 낙엽이 지기 시작했다.

어느 날 오후 공장주는 대문 앞에 혼자 앉아서 졸음 섞인 눈으로 세상을 내려다보고 있었다. 그때 낯선 사람이 산 쪽에서 내려오더니 〈태양〉 앞에 멈춰 서서 그에게 시청 가는 길을 물었다. 휘를린은 몸소 그를 두 번째 골목까지 안내하면서 그에게 자상하게 길을 일러 줬다. 덕분에 휘를린은 사례로 담배 두 개비를 얻었다. 그는 근처에 있던 어떤 마부에게 불을 빌려 담배 한 개비를 피워 물고 양로원의 대문 응달진 곳으로 되돌아 왔다. 오랫동안 굶주렸던 고급 담배를 모처럼 피워 보는 그는 그 맛이 어찌나 달콤한지 가슴이 한없이 뿌듯해 왔다. 담배가 거의 다 타들어 갈 즈음 그는 꽁초를 빨부리에 끼워 물고 재만 남을 때까지 계속 빨아 댔다. 저녁이 되자 동장 집 정원으로 일을 나갔던 밧줄공이 돌아왔다. 그는 여느 때와 마찬가지로 이날도 그곳에서 일어났던 일을 장황스럽게 늘어놓았다. 오후 간식으로 배술과 하얀 빵 그리고 무를 얻어먹었는데, 그것들 맛이 그렇게 좋을 수가 없었다는 둥, 그곳 사람들이 자기를 아주 정중하게 대해 줬다는 둥, 한바탕 자랑을 늘어놨다. 휘를린도 질세라 이날 낮에 있었던 모험담을 그럴싸하게 지껄여 댔다. 그의 말은 밧줄공으로 하여금 대단한 시기를 불러일으켰다.

"그래, 그 담배 지금 어디 있는데?"

그가 입맛을 다시며 물었다.

"다 피워 버렸지."

휘를린이 우쭐거리며 웃었다.

"두 개비 다?"

"물론이지, 이 친구야. 모조리 피워 버렸어."

"한꺼번에 두 개비를 모두 피워 버렸다고?"

"무슨 소리야, 이 멍청아. 따로따로 피웠지. 한 개비 피우고 나서 또 한 개비를 피웠단 말이야."

"거 정말이야?"

"뭣 때문에 내가 거짓말을 하겠나?"

"정말이라고?"

응수하기는 했으나 못내 그의 말이 믿기지 않았던 밧줄공은 간계를 쓰기 시작했다.

"그렇다면 내 자네에게 한 가지 말해 둘 게 있네. 자넨 참 등신이야. 그것도 아주 대단한 등신이란 말이야."

"뭐라고? 도대체 왜?"

"한 개비만 남겨 두었더라도 내일 또 피울 수 있잖아. 하지만 자넨 지금 빈털터리가 됐잖아?"

이 말에 공장주는 더 이상 참을 수가 없었다. 그는 히죽히죽 웃으며 드디어 상의 주머니에서 남은 담배 한 개비를 꺼내 들고 그것을 밧줄공의 코앞에다 들이댔다. 부러움에 가득 찬 그를 호되게 약 올려 줄 심산이었다.

"이거 보이나? 자네가 말하는 것처럼 난 그렇게 형편없는 바보가 아니란 말이야."

"그래그래, 한 대는 남겨 두었군. 어디 한번 보세!"

"미안하지만, 손대지 말아 줬으면 좋겠어.'
"구경이나 한번 해 보자는데 뭘 그래! 좋은 담배인지 나쁜 담배인지 감정을 해 주겠단 말이야. 곧 돌려줄 테니까 걱정 붙들어 매."
결국 휘를린은 그에게 담배를 건네줬다. 그러자 그는 담배를 손가락 사이에 끼워 돌려 보기도 하고, 코밑에 대고 냄새를 맡아 보기도 하더니, 못내 시큰둥한 표정으로 그것을 되돌려 주면서 동정 어린 어조로 말했다.
"이런 담배는 일 크로이처만 주면 두 개비나 살 수 있어."
이렇게 해서 두 사람 간에는 담배의 품질과 가격 문제를 놓고 시비가 벌어졌다. 이 시비는 잠자리에 들 때까지 계속됐다. 옷을 벗으면서도 휘를린은 그의 보물을 베개 위에 올려놓고는 무섭게 감시했다. 그러자 헬러가 빈정대기 시작했다.
"그래, 이불 속까지 가지고 들어가라! 아마 애서끼 하나쯤 생길걸."
공장주는 대꾸 한마디 없었다. 밧줄공이 이불 속으로 들어가자 그는 조심스럽게 담배를 집어 들어 그것을 창문턱에다 고이 모셔 놓고, 자신도 곧 잠자리로 기어들어 갔다. 그러곤 흐뭇한 기분으로 다리를 쭉 폈다. 잠들기 전에 그는 다시 한번 오늘 오후에 누렸던 기분 좋은 순간을 돌이켜 봤다.
거만하게 뽐내며 멋진 담배 연기를 태양을 향해 길게 내뿜던 그 순간, 그리고 향기로운 냄새에 취해 지난날 영화롭던 시절, 위대했던 자신의 자취를 물씬 느껴 볼 수 있었던 그 순간이 짜릿한 여운을 몰고 왔다. 그러고 나서 그는 곧 잠이 들었다. 꿈을 꾸는 동안 그에게는 이미 멀리 사라져 버린 저 영화롭던 시절이 생생하게 되살아났다. 그 순간 그의 빨간 코는 세상을 깔보던 전성기에 종종 그랬던 것처럼 위를 향해 높이 치솟아 올랐다.
밤도 깊어 갈 무렵이었다. 평소와는 전혀 달리 그는 갑자기 눈을 떴다. 그때 그는 희미한 달빛 속에서 자기 침대 머리맡에 밧줄공이 서 있는 것을 보았다. 그때 밧줄공의 앙상한 손이 창문턱에 놓여 있는 담배를 향해 뻗어 나갔다.

공장주는 노발대발 소리를 지르며 침대에서 벌떡 뛰어내려 범인의 손길을 차단했다. 한동안 아무 말 없이 두 적수는 중요 부위를 훤히 드러내 놓은 채 꼼짝 않고 마주 서서 살기등등한 눈으로 상대방을 뚫어지게 노려봤다. 서로 너무 긴장한 탓인지 아니면 너무 놀란 탓인지, 어떻든 간에 그들은 자신이 어떤 꼴을 하고 있는지조차 깨닫지 못하고 있었다.

"그 담배 제자리에 갖다 놔!"

휘틀린이 씨근거리며 소리쳤다.

그러나 밧줄공은 꼼짝 않고 그대로 서 있었다.

"갖다 놓으라고 했다!"

재차 휘틀린이 소리쳤다. 이번에도 아무런 반응이 없자 마침내 그는 손을 높이 쳐들었다. 그 순간 만약 밧줄공이 제때 허리를 숙이지 않았더라면 영락없이 호되게 뺨을 얻어맞았을 것이다. 그러나 이 소란에 담배가 그의 손에서 떨어져 나갔다. 휘틀린이 잽싸게 몸을 날렸으나 헬러가 보다 빨리 그것을 발꿈치로 밟아 버렸다. 그의 발밑에서 담배가 나직하게 비명을 지르며 으스러졌다. 그때 그의 갈빗대에 공장주의 일격이 가해졌다. 이렇게 해서 두 사람 사이에 격투가 벌어졌다. 두 사람이 이렇게 접전을 벌이기는 이번이 처음이었다. 그러나 이들의 분노는 상대방에 대한 두려움과 등가 관계를 유지하고 있었기 때문에, 싸움이 그리 화끈하지는 못했다. 한쪽에서 한 걸음 앞으로 나서면, 저편에서 한 걸음 물러섰다. 벌거벗은 두 늙은이가 소리 없이 방 안을 도는 모습은 마치 댄스 연습을 하는 것 같았다. 두 영웅의 싸움은 손 한번 오가지 않은 채 오랫동안 지속되었다. 그러던 중 공장주에게 절호의 기회가 왔다. 그가 날렵한 동작으로 빈 세숫대야를 집어 든 것이다. 그는 앞뒤 가릴 것 없이 그것을 머리 위로 치켜들고 세차게 내던졌다. 세숫대야는 공중을 날아 투구 없는 적장의 머리 위로 나가떨어졌다. 양은 대야가 머리에 부딪히는 소리가 온 집 안에 커다란 폭음을 일으켰다. 곧이어 원장이 내의 바람으로 들어섰다. 그는 결투자들 앞에 서서 한바탕 폭소를 터뜨리고는 두 사람을 나무라기 시작했다. 그가 날카롭게 소리쳤다.
 "이 철딱서니 없는 인간들아! 방 안에서 그렇게들 발가벗고 권투라도 하는 게야, 늙어 빠진 숫양들아! 빨리 이불 속으로 들어가. 이후로 무슨 소리 한마디만 들리면 당신들 둘 다 경칠 줄 알아."
 "저놈이 도둑질했소."
 휘플린은 분노와 치욕감을 참지 못하고 울음을 터뜨리려 했다. 그러나 원장은 그의 말을 가로막으며 조용히 하라고 명령했다. 두 늙은이는 서로 투덜거리며 자신들의 침대 안으로 기어들어 갔다. 편물공이 잠시 문 뒤에서 귀를 기울이다가 돌아간 뒤 방 안은 조용해졌다. 세숫대야 옆에는 부서진 담배 조각이 흐트러져 있었다. 창문으로 늦여름 밤의 희미한 빛이 방 안을 들여다보고 있었다. 노기충천한 두 룸펜의 머리맡 위쪽에는 꽃무늬로 테두리 장식을 한 성경 구절이 걸려 있었다.

 아이들아, 너희들은 서로 사랑하라!

 이 사건이 있은 그다음 날 휘플린은 조그만 승리를 쟁취했다. 이제 밧줄공과 잠자리를 같이하지 않겠다고 완강하게 고집을 부렸다. 편물공은 처음에는 그의 제안을 전혀 받아들일 생각이 없었으나, 끝내 그를 다른 방으로 옮겨 줄 수밖에 없었다. 그리하여 공장주는 다시 은둔자가 되고 말았다. 자원해서 밧줄 제조공 수장과 헤어지기는 했으나 그것이 그에게는 또다시 우울증을 불러일으켰다. 그는 희망 없는 막다른 골목에서 늙은 여생을 보내야 하는 것이 자신의 운명임을 처음으로 뼈저리게 느꼈다.

그런 생각이 든다는 건 결코 바람직하지 못했다. 얼마 전만 해도 그는 적어도 몸만은 자유스러웠다. 가장 비참할 때도 이따금 술 한 잔 마실 돈은 지니고 있었고, 마음만 내키면 언제고 여기저기 떠돌아다닐 수 있었다. 그러나 지금은 형편없이 무능력한 인간으로 남의 보호를 받고 있는 것이다. 땡전 한 잎 만져 볼 수 없고, 남은 것이라고는 늙을 대로 늙어서 흐늘흐늘해진 육신뿐이었다. 그는 노년을 그렇게 보낼 수밖에 없는 신세가 되었다.

그에게 전에 없던 버릇이 생기기 시작했다. 길섶의 높은 산비탈 전망대에 나가 그곳에서 멀리 도시와 그 너머 계곡을 바라보곤 했다. 하얗게 깔린 차도를 눈으로 재어 보기도 하고, 동경에 가득 찬 시선으로 때로는 하늘 위를 날아다니는 새와 구름을 쳐다보거나, 아니면 비탈길을 오르내리는 우마차나 행인을 물끄러미 바라봤다. 그는 밤이 되면 책을 손에 드는 습관까지 생겼다. 그러나 예전과는 달리 달력이나 잡지에서 교훈적이고 성스러운 그림들을 보면 이따금 전례 없이 우수에 찬 시선으로 그 옛날 젊은 시절로부터 졸링엔에 있던 시절, 공장주 시절, 형무소에 복역하던 시절 그리고 옛 〈태양〉 주점의 저녁 시간을 회상했다. 그럴 때마다 그는 매번 자신이 고독하고 절망적이라는 사실을 절감했다.

밧줄공 헬러는 그를 한동안 못마땅한 시선으로 곁눈질해 댔으나, 얼마 뒤엔 그와의 관계를 다시 회복시켜 보려고 애썼다. 공장주와 잔디밭 휴식처에 함께 앉아 있게 될 때면 그는 다정한 얼굴로 공장주에게 말을 걸었다.

"좋은 날씨야, 휘를린! 멋진 가을이 올 것 같아. 자넨 어떻게 생각하나?"
그러나 휘를린은 잠자코 그를 쳐다볼 뿐 아무런 얘기도 없었다.

비참하기 짝이 없는 고독감과 공허감을 떨쳐 버리고 다시 생기 있게 살기 위해서라도 휘를린이 우울과 분노로 오그라든 마음을 탁 털어 버리고 가장 가까운 동료에게 손을 내밀 수도 있었으련만, 여러 날이 흘러도 이 두 심통쟁이 사이에는 좀처럼 별다른 화해 기운이 돌지 않는 것 같았다. 공장주의 이러한 우울증이 마음에 걸린 원장은 두 사람을 다시 화해시켜 보려고 백방으로 손을 썼다.

그러는 사이 구월 들어 이 양로원에는 새르이 사람 둘이 더 들어왔다. 이들은 짧은 간격을 두고 잇달아 들어왔는데, 서로가 각기 다른 면모를 지니고 있었다.

그중 한 사람은 루이스 켈러할스라는 이름을 가지고 있었는데, 그 이름을 이 도시에서 아는 사람은 한 명도 없었다. 루이스는 십여 년 전부터 홀드리아라는 희귀한 이명을 사용하고 있었기 때문이다. 그는 오래전부터 자체 생활 능력을 상실했기 때문에 시의 주선으로 어떤 마음씨 좋은 수공업자 집에 들어가 살게 되었다. 그 집에서 그는 처신을 잘해서 가족 대우까지 받아 가며 잘 지냈다. 그런데 이 수공업자가 최근에 세상을 떠나면서 그는 유산 상속자 대상에서 제외되어 양로원으로 넘겨졌다. 그는 무언가 가득 든 조그만 아마포 자루 하나와 엄청나게 큰 하늘색 우산을 손에 들고 들어왔다. 그 밖에도 그의 손에는 초록색 페인트칠을 한 나무 새장이 들려 있었는데, 그 속에는 통통하게 살이 오른 참새 한 마리가 앉아 있었다. 이 새는 이동 중에도 거의 움직이지 않았다. 홀드리아는 얼굴에 미소를 띠며 밝은 표정을 하고, 진심으로 반갑다는 듯이 모두에게 악수를 청했다. 그는 누가 말을 걸고 쳐다봐도 그저 사람 좋게 즐겁다는 표정만 지을 뿐 응답이 없었고, 묻는 것도 없었다. 설혹 그를 오래전부터 알지 못하는 사람이라도, 그와 약 십오 분간만 마주해 있으면, 그가 순박한 정신 박약자임을 쉽사리 간파할 수 있을 것이다.

그보다 약 일 주일 뒤에 두 번째 사람이 들어왔다. 이 사람 역시 홀드리아 못지않게 낙천적이고 다감한 인상을 풍기기는 했으나, 그처럼 모자라는 사람은 아니었다. 오히려 그는 악의는 없지만 약삭빠른 능청꾸러기였다. 그의 이름은 슈테판 핑켄바인이었으며, 이 도시 전 지역에 그 이름이 널리 알려진 이른바 핑켄바인 부랑자나 걸인 가문의 일원이었다. 그의 가문은 족보가 복잡한데, 그 일족들은 게르버자우에 거주하면서 하나같이 남의 신세를 지고 있었다. 이들은 모두가 한결같이 밝고 명랑한 성격을 지니고 있었으나, 그들 중 누구 한 사람도 자기 힘으로 사는 사람이 없었다. 그것은 아마도 이들이 새처럼 자유분방하게 사는 것을 낙으로 삼는 기질을 천성적으로 타고났기 때문일 것이다.

슈테판은 아직 예순이 채 안 된 사람으로, 병 한번 앓지 않고 아주 튼튼하게 건강을 누리고 있었다. 그는 몸매가 약간 마르고 날씬했으며, 늙은이답지 않게 항상 사지가 유연하고 건장했다. 그러한 그가 어떤 술책을 써서 당국의 구호 대상자 명단에 이름을 올릴 수 있었는지는 아무도 모르는 수수께끼였다. 이 도시에는 그보다 더 늙고 비참하고 가난한 사람들이 얼마든지 있었다. 어쨌든 그는 이 양로원이 생기는 날부터 마음을 진정시키지 못했다. 자신이야말로 원래부터 태양족으로 태어난 인간이라고 생각했고, 그래서 어떻게 해서든지 태양족의 일원이 되려고, 아니 돼야 한다고 마음먹었다. 그렇게 해서 그는 지금 진짜 구호 대상자인 홀드리아와 똑같은 자격으로 만면에 미소를 띤 사랑스러운 얼굴을 하고 이곳에 들어선 것이다. 그가 손에 든 건 아주 가벼운 짐 하나였다. 좀 더 자세히 말하면, 그는 몸에 걸친 옷을 제외하고는 색이 바랜, 그러나 형태는 잘 보존된 빳빳한 구식 중절모 하나뿐이었다. 그가 그 자세로 그 모자를 쓰고 몇 걸음만 뒤로 물러선다면 슈테판 핑켄바인은 영락없는 고전파 슈트라우빙어 형제의 대표자처럼 보였을 것이다.

그는 능숙하고 재미있는 사교가처럼 보였다. 휘를린 방에는 이미 홀드리아가 배정되어서 그는 밧줄공 헬러와 같은 방을 쓰게 되었다. 그에게는 모든 게 훌륭하고 좋아 보였다. 다만 그의 마음에 들지 않는 것이 있었다면, 그것은 무뚝뚝한 그곳 동료들이었다. 저녁 식사 한 시간 전쯤 이들 네 사람이 바깥 공터에 앉아 있을 무렵이었다.

그때 갑자기 핑켄바인이 입을 열었다.

"여보시오, 공장장님, 당신들은 왜 항상 그렇게 우울한 표정을 짓고 있는 거요? 두 사람 다 상주 같아 보이는군요."

"아, 날 좀 내버려 둬요."

"아니, 어디 불편한 데라도 있으시오? 도대체 뭣 때문에 우리 모두 얼빠진 사람처럼 여기 이렇게 쪼그리고 앉아 있는 거요? 적어도 소주 한 잔 정도는 마실 수도 있는 것 아니오? 안 그렇소?"

휘를린은 잠시 놀란 표정으로 피곤한 두 눈에 광채를 띠며 그의 말에 귀를 기울이는 듯했으나, 다음 순간 절망적으로 고개를 내젓고는 빈 바지 주머니를 내보이며 씁쓸한 표정을 지었다.

"아 그래요, 돈이 없으시다고?"

핑켄바인이 웃으며 외쳤다.

"하느님 맙소사, 난 공장장쯤 되면 항상 주머니가 두둑한 줄만 알았지. 좌우지간 오늘은 내가 이곳에 처음 들어온 날이오. 이런 날을 어찌 맨입으로 보낼 수가 있겠소. 자, 여러분 날 따라오시오. 이 핑켄바인이 요긴할 때 쓰려고 허리춤에 고이 간직해 둔 비상금이 좀 있소이다."

이때 두 상주가 동시에 자리에서 벌떡 일어섰다. 정신 박약자는 남겨 둔 채 나머지 세 사람은 비트적거리는 걸음을 재촉하며 주점〈별〉을 향해 달려갔다. 술집에 들어가기가 무섭게 이들은 재빨리 의자에 걸터앉아 각자 소주 한 잔씩을 앞에 놓았다. 세 명 중 가장 흥이 난 사람은 휘플린이었다. 그는 몇 주일 전, 아니 몇 달 전부터 주점 안에는 들어가 보지도 못했다. 그는 오랫동안 맡아 보지 못했던 달콤한 술집 냄새를 실컷 맡기 위해 크게 숨을 들이켰다. 그러고는 잔에 가득 찬 소주를 아껴 가면서 조금씩 음미하기 시작했다. 악몽에서 깨어나기라도 한 사람처럼 그는 인생이 새롭게 느껴졌고, 주위가 고향처럼 새삼스레 친근하고 아늑하게 느껴졌다. 그는 그 옛날 술집에 드나들던 시절의 그 호기 어린 제스처를 하나둘 꺼내 놓기 시작했다. 주먹으로 식탁을 탁탁 치는가 하면, 손가락으로 이리저리 퉁기기도 하면서 발밑 바닥에다 침을 내뱉고는 그것을 신발로 쓱쓱 문질러 댔다. 그의 말솜씨도 갑자기 단수가 높아졌다. 푸르스름한 입술 사이에서 새어 나오는 그의 음성은 그 옛날 영화롭던 시절의 활기를 되찾은 듯 거칠고 우람하기까지 했다. 이렇듯 공장주가 혈기 왕성하게 떠들어 대는 동안 루카스 헬러는 곰곰이 생각에 잠긴 채 그의 앞에 놓인 조그만 술잔을 들여다보고 있었다. 그는 어떻게 하면 거만한 이 자에게 그날 밤 억울하게 당한 양철 대야 세례를 앙갚음할 수 있을까 하는 궁리를 짜내고 있었다. 그렇게 조용히 앉아서 호시탐탐 절호의 기회가 오기만을 기다렸다.

그럭저럭 휘플린이 두 번째 잔을 들 무렵이었다. 그는 옛날 습관대로 한쪽 귀를 이웃 식탁으로 돌렸다. 그러고는 그곳에서 오가는 얘기들을 엿들으면서 고개를 끄덕이기도 하고, 헛기침도 하며, 그럴듯한 표정을 짓기도 했다. 그러다 마침내 그는 그들의 얘기에 정식으로 끼어들어 정다운 어조로 암, 암, 그렇지, 그렇지 하고 참견을 해 대기 시작했다. 그는 이제 아름답던 옛 시절로 완전히 되돌아간 듯한 느낌이 들었다. 그들의 얘기가 점점 활기를 띠어 감에 따라 그의 몸도 점차 그들 쪽으로 기울었다. 그러고는 그들 간에 의견 대립이 생기면 거기에다 열심히 부채질을 해 댔다. 그쪽 사람들은 처음에는 이것을 알아채지 못했다. 그러나 얼마 뒤 그들 중 마부로 보이는 한 사람이 갑자기 벌떡 일어나더니 그를 향해 냅다 소리쳤다.

"이런 젠장, 공장장이잖아! 도대체 뭘 얻어먹겠다고 끼어드는 거야, 이 늙은 건달아? 얌전히 입 닥치고 있어. 계속 그렇게 주둥이 놀려 대면 가만 안 둘 거야."

휘를린이 풀이 죽어 돌아서는 순간 밧줄공이 팔꿈치로 그를 툭 치며 열심히 속삭였다.

"그래, 저런 멍청이한테 그런 소릴 듣고 가만있어? 저놈 한바탕해 줘!"

이 격려의 말을 듣자마자 공장주의 공명심이 새삼스럽게 불타올랐다. 그는 거만하게 의자에서 일어나 옆 탁자 쪽으로 바짝 몸을 기울이고 눈을 사납게 굴리며 가슴으로부터 힘찬 소리를 뱉어 냈다.

"내 부탁 하나 하겠는데, 자네 좀 더 예절 바르게 굴라고! 내가 보건대 자넨 예의범절을 모르는 것 같아."

그곳에 앉아 있던 사람들 몇 명이 웃음을 터뜨렸다. 마부가 다시 한번 나직하게 을러댔다.

"조심해, 이 공돌아! 주둥이 다물지 않으면 얻어터진다!"

"난 얻어터질 짓을 한 적이 없는데."

헬러로부터 옆구리를 찔린 그는 다시 용기를 얻어 힘주어 말했다.

"난 선민으로 이 자리에 있단 말이야. 다른 사람들처럼 나도 얘기할 권리를 가지고 있어. 자넨 그걸 알아야 해."

마부는 거드름을 피우며 동료들과 마신 한 순배의 술값을 내더니 자리에서 일어나 휘를린에게 다가왔다. 그러곤 더 이상 길게 늘어놓고 싶지 않다는 듯이 잘라 말했다.

"네가 있을 곳은 양로원이야, 그리로 꺼져!"

그가 소리치면서 새파랗게 질린 휘를린의 멱살을 거머쥐고 문 있는 데까지 질질 끌고 나갔다. 그곳에서 그가 휘를린을 발길로 차서 밖으로 내치자, 안에 있던 사람들이 까르르 웃음을 터뜨리며 용사에게 찬사를 보냈다. 이렇게 해서 조그만 막간극은 막을 내리고, 사람들은 다시 전처럼 떠들어 대며 그들의 얘기를 열심히 주고받았다.

밧줄 제조공 수장은 속으로 한없이 통쾌했다. 그는 핑켄바인에게 남은 잔을 마저 들자고 권했다. 이 새로운 동료의 가치를 충분히 인정한 헬러는 어떻게든지 핑켄바인과 친분을 맺어 보려고 안간힘을 다했다. 그러한 그의 행동에 핑켄바인은 미소 지으며 흐뭇해했다. 핑켄바인은 조금 전만 해도 휘를린과 친교를 맺으려 했다. 예전에 한 번 휘를린의 공장에 구걸하러 갔는데, 공장주로부터 매몰차게 쫓겨났었다. 그렇기는 하지만 그는 휘를린에 대해 적대감 같은 것을 갖지는 않았다. 휘를린이 없는 틈을 이용해 헬러가 그에 대한 욕을 퍼부었으나, 핑켄바인은 한마디도 대꾸하지 않았다. 조금은 더 편안하게 살다가 몰락한 헬러보다는 핑켄바인이 세상을 그저 무탈하게 살아가는 데 익숙해 있었고, 기이한 성격을 지닌 사람들을 보면 마냥 재미있었다. 그가 밧줄공의 말을 제지했다.

"그만해 둬, 이 사람아. 물론 휘를린은 어리석은 사람이야. 하지만 지금까지의 행동을 보면 그렇게 악한 사람은 아니야. 우리끼리는 제발 그런 쓸데없는 싸움질 같은 거 하지 않았으면 좋겠어."

헬러는 그의 말뜻을 알아차리고, 이 유화적인 어조에 호응했다. 그들도 자리에서 일어날 시간이 되었다. 그들은 저녁 식사에 때맞춰 도착했다. 다섯 사람이 둘러앉은 식탁은 제법 그럴듯해 보였다. 제일 윗자리에는 편물공이 앉아 있었고, 그 옆에는 뺨이 불그스레한 홀드리아가, 그리고 그다음에는 바짝 마르고 초췌한 몰골의 휘를린이 뚱한 표정으로 앉아 있었다. 그들 맞은편에는 머리숱이 별로 없는 교활한 밧줄공이 맑은 눈에 쾌활한 성격을 지닌 핑켄바인과 나란히 앉아 있었다. 핑켄바인은 원장을 즐겁게 해 주는 데 재주가 있었다. 그는 이따금 정신 박약자에게도 몇 마디 농담을 건네는데, 그럴 때면 홀드리아는 그저 즐거운 듯 히죽히죽 웃어 댔다. 다 먹은 그릇들이 치워지고 식탁이 말끔히 정리되었을 무렵, 핑켄바인이 트럼프를 꺼내더니 한 판 벌이자고 제의했다. 편물공은 카드놀이를 못하게 하려 했으나, 결국은 내기를 하지 않는다는 조건하에 그것을 허용했다. 그 말을 듣고 핑켄바인이 크게 웃으며 말했다.

"물론이죠. 내기는 안 해요, 자우벌레 씨. 뭐 내기할 돈들이나 있어야 말이지. 하기야 나도 원래는 백만장자였다오. 그런데 그 많던 돈을 휘를린 주식을 사는 통에 몽땅 날려 버리고 말았소이다. 언짢게 생각지 마쇼, 휘를린 씨!"

그렇게 해서 카드놀이가 시작됐다. 이 놀이는 한동안 화기애애한 가운데 재미있게 잘 진행됐다. 핑켄바인은 카드놀이에 관한 기교에도 여러 가지로 능했다. 그는 밧줄공이 속임수를 쓸 때마다 이를 알아채고는 흥분해서 게임을 중지시켰다. 그뿐 아니라 밧줄공은 기회 있을 때마다 야비하게 〈별〉 주점에서 일어났던 모험담을 은연중에 떠올렸다. 휘를린이 처음에는 그것을 대수롭지 않게 들어 넘겼으나, 횟수가 거듭되자 화난 표정으로 손을 내저었다. 그러나 밧줄공은 핑켄바인 쪽을 바라보면서 심술궂은 웃음을 던졌다. 휘를린의 눈에서 번쩍하고 섬광이 일었다. 밧줄공의 기분 나쁜 웃음과 눈짓을 한참 바라보고 있던 그가 그 순간 문득 자기가 술집에서 쫓겨난 것도 모두가 이자 때문이라는 걸 깨달았다. 말하자면 그는 자기를 희생시켜 놓고 지금 고소해하고 있었다. 생각이 여기에 미치자 휘를린은 점차 울화통이 치밀었다. 드디어 그의 입이 일그러지더니 한창 판이 벌어지고 있는 식탁 위에다 자기 트럼프를 획 내던지고는 더 이상 게임을 하지 않겠다고 일어섰다. 상황 판단이 빠른 헬러는 그 순간 재빨리 몸을 도사리며 입을 다물고 나서, 종전보다 더욱더 우정 어린 눈길을 핑켄바인에게 던지려고 애썼다.

이렇게 해서 두 적수 간의 해묵은 갈등은 더욱 고조되고 말았다. 게다가 휘를린은 핑켄바인이 헬러의 간계를 알고 있었을 뿐 아니라, 그것을 부채질했다고 믿었기 때문에 사정은 더더욱 나빠졌다. 핑켄바인 쪽에서는 전과 다름없이 계속 유쾌하고 친절한 태도를 보였으나, 그를 한번 잘못 보기 시작한 휘를린은 그가 농담을 걸거나 '상업 고문관' 또는 '휘를린 양반' 등의 경칭을 붙여 말을 건네 오면 그런 말들도 자기를 놀리는 것으로 받아들였다. 그리하여 이들 태양족은 어느새 두 파로 갈리게 되었다. 공장주는 반편이 홀드리아와 같은 방을 쓰고 있었기 때문에 그와 곧 친해질 수가 있었다. 그는 홀드리아를 친구로 만들었다.

어디에서 생겼는지 핑켄바인은 이따금 돈 몇 푼을 들고 와 휘를린에게 술집에 함께 가자고 제의를 해 왔다. 휘를린은 그럴 때마다 강한 유혹을 느꼈으나 그의 제의를 완강히 거부하고 한 번도 따라나서지 않았다. 하지만 자기가 빠질수록 헬러가 더 많은 걸 누릴 거라는 생각을 할 때마다 울화가 치밀기는 했다. 그는 그들이 술집으로 가고 나면 홀드리아 옆에 쪼그리고 앉아 한탄하거나, 욕을 해 댔다. 그러다가도 그는 누가 자기에게 천 마르크만 준다면 어떻게 할 것이라는 둥 공상을 늘어놓았다. 그때마다 홀드리아는 즐거운 듯이 미소 짓기도 하고, 혹은 두려운 듯이 눈을 커다랗게 뜨기도 하면서 그의 말을 경청했다.

휘를린이 반편이와 이러고 있을 즈음, 루카스 헬러는 약삭빠르게도 핑켄바인과 열심히 어울렸다. 그러나 그는 새로운 이 친구와도 처음에는 그 우정 관계를 위기로 몰고 간 적이 있었다. 어느 날 밤인가 한 번은 그가 옛날 버릇을 버리지 못하고 핑켄바인의 옷을 뒤졌다. 옷에서 삼십 페니히를 찾아내 그 돈을 자기 주머니에 집어넣었다. 그런데 그 돈의 임자는 잠이 들지 않았고 그 광경을 실눈을 뜨고 조용히 바라보고 있었다. 다음 날 아침 핑켄바인은 그의 솜씨를 극구 칭찬하면서 그것을 일개 장난으로 생각한다는 듯이 부드러운 어조로, 훔쳐 간 돈을 반환할 것을 요구했다. 이것이 계기가 되어 그는 헬러를 완전히 자기 손아귀에 넣었다. 헬러의 입장에서는 마음씨 착한 친구를 한 명 사귀게 된 셈이지만, 휘를린이 자기 친구 반편이에게 하는 것처럼 그렇게 자신의 슬픔을 마음 놓고 들려줄 수는 없었다. 이를테면 그가 여자들에 관한 얘기를 늘어놓으면 핑켄바인은 곧 지루하다는 표정을 지었다.

"자, 그 정도로 해 두지, 여보게. 그만하라니까. 자넨 단조로운 음만 내는 손풍금 같다니까. 밤낮 똑같은 가락이란 말이야. 자네 여자 얘기가 틀렸다는 건 아니지만, 참는 데도 한계가 있네. 가락을 좀 달리해야 할 걸세. 다른 걸로 말이야. 그렇지 않으면 자네 얘기는 더 이상 나에게 흥미가 없네."

공장주는 이런 말을 들을까 봐 걱정할 필요는 없었다. 그런 걱정이 없어 편하기는 했지만, 그렇다고 그 상황이 마음에 드는 것은 아니었다. 홀드리아가 침착하게 들으면 들을수록 그는 자신이 더욱더 비참하게 느껴졌다. 그는 몇 번인가 건달 핑켄바인 식으로 거창한 손짓을 하며 황금 시절에 그랬던 것처럼 힘찬 어조로 반 시간가량 열심히 지껄여 댔지만, 점차 손이 뻣뻣하게 굳어지고, 이야기 자체도 건성으로 흘렀다. 늦가을의 햇볕이 좋을 때면 그는 종종 잎이 시드는 사과나무 밑으로 가 앉았다. 그러나 이즈음에 와서는 도시와 계곡이 그에게 시기와 동경을 불러일으키지 못했다. 이 모든 게 그에게는 아무 상관도 없는 아주 먼 곳에 있는 낯선 존재들처럼만 보였다. 그에게는 아무런 희망도 남아 있지 않았고, 그 자신이 구태여 무엇을 추구하려고 하지도 않았다.

그의 무기력증은 눈에 띌 정도로 급속하게 나타났다. 그는 사업이 망해 생활이 궁핍해지고, 〈태양〉의 단골손님이 되면서 머리가 허옇게 세고, 기동력도 잃기 시작했다. 하지만 그는 아직도 몇 년간 더 떠돌아다닐 수도 있었고, 술집이나 거리에서 큰소리도 칠 수 있었는데, 그만 양로원에 들어가는 바람에 더 이상 회생할 수 없는 신세가 되고 말았다. 그는 당시에 양로원이라는 안식처로 들어가는 것을 기쁜 일로만 생각했을 뿐, 그곳에 들어감으로써 그가 스스로 희망의 끈을 끊어 버리리라는 생각은 하지 못했다. 그는 각종 시련과 풍상에 대처할 방안이나 대안을 마련할 능력의 소유자가 못됐다. 그러나 그의 파산을 주도한 첫 번째 요인은 무엇보다도 피로와 굶주림이었다. 그는 이제 얼마 남지 않은 여생을 그런대로 한껏 살아 보는 것 외에는 별도리가 없었다.

게다가 휘를린은 너무 오랫동안 술집에 드나들었다. 노인의 경우 대체로 자신에게 해를 끼치는 줄 뻔히 알면서도 고질적인 습성을 버리지 못한다. 고독과 더불어 헬러와의 잦은 싸움은 그를 완전히 말이 없는 인간으로 만들어 버렸다. 그토록 떠버리 허풍선이의 입에서 말이 사라졌다는 건 이미 그의 한 발이 무덤을 디디고 있는 것이나 다름없었다.

한때 거칠고 상스럽던 이 노인의 영혼이 흔들리고 부식돼 가는 갖가지 현상이 나타났다. 예전에는 그렇게 고집스럽고 억척스럽던 그의 성격도 근래에 와서는 한결 누그러들기 시작했다. 그의 상태를 제일 먼저 눈치챈 사람은 원장이었다. 한 번은 시 교회의 목사가 방문차 양로원에 들렀을 때 원장이 어깨를 으쓱거리며 그에게 말했다.

"휘를린이 정말 안됐어요. 그가 그렇게 기분이 처진 이래로 난 그에게 아무 일도 시키지 않아요. 하지만 별 소용이 없어요. 사람이 아주 달라진 겁니다. 생각을 너무 많이 하는가 하면, 책도 지나칠 정도로 많이 읽어요. 차라리 그 사람을 모르기나 한다면, 난 그가 꾀를 부리고 있다고 말씀드릴 수도 있겠지만, 사태가 너무 심각한 것 같아요. 말하자면 그 사람은 자신을 갉아먹고 있는 겁니다. 그 나이에 그렇게 되면 오래 못 가죠. 머지않아 끝장이 날 거예요."

그 뒤로 목사는 휘를린의 침실에서 그와 나란히 앉아 홀드리아의 초록색 새장 옆에서 얘기를 나누었다. 그는 공장주에게 삶과 죽음에 관한 이야기를 들려주면서 그의 음울한 마음에 그 어떤 빛을 넣어 주려고 시도했으나 뜻을 이루지 못했다. 휘를린은 그의 얘기를 듣기도 하고 흘려버리기도 했다. 고개를 끄덕이기도 하고 입 속으로 뭔가 중얼거리기도 했지만, 정작 입 밖으로는 어떤 말도 꺼내지 않았다. 그는 점점 정신이 산만해지고 괴벽스러워졌다. 핑켄바인의 우스갯소리를 들을 때면 그는 이따금 즐거운 표정을 지으면서 나직하게 마른 웃음을 짓기도 하고, 탁자를 손으로 치면서 고개를 끄덕이기도 했지만, 그러다가도 금방 상대방의 말을 종잡을 수 없어 이해하기 힘들다는 듯 골똘히 생각에 잠겨 귀를 기울이기도 했다.

겉으로 보기에도 그는 점점 더 조용하고 침울한 인간이 되어 갔다. 그러나 주위 사람들은 예나 다름없이 그를 대했다. 반편이가 조금만 사리 분별이 있는 사람이었더라면 휘를린의 이렇듯 비참하고 끔찍한 상태를 그만은 돌이킬 수 있었을는지도 모른다. 왜냐하면 한결같이 친절하고 온화한 홀드리아는 공장주의 말동무이자 친구가 돼 있었기 때문이다. 그들은 종종 나무 새장 앞에 쪼그리고 앉아 그 속에 든 통통한 참새에게 손가락을 내밀어 쪼아 대게 하고, 이따금 아침이면 가볍게 타오르는 난롯가에 기대앉아 서서히 다가오는 겨울을 바라보며, 마치 현자들처럼 이심전심의 눈길을 주고받았다. 그들의 이러한 모습은 마치 울안에 갇힌 두 마리의 들짐승이 서로 쳐다보는 광경을 연상시키기도 했다.

휘를린에게 가장 치명적인 상처를 준 것은 바로 그날 〈별〉 주점에서 헬러의 충동질로 어처구니없이 당했던 경멸과 치욕이었다. 그토록 오랫동안 거의 매일 앉아 즐겼던 그 주점에서, 마지막 남은 동전마저 털어 가며 술을 마셨던 그곳에서, 훌륭한 고객으로 멋진 얘기를 재미있게 늘어놓곤 하던 바로 그 술집에서 주인과 손님들의 웃음을 사며 그는 비참하게 내쫓겼다. 그것은 그에게 골수에 사무치는 경험이었다. 그는 자신이 정녕 그곳의 일원이 될 수 없게 되었을 뿐 아니라, 그곳으로부터 자신이 영영 밀려난 채 완전히 잊힘으로써 앞으로는 그곳에 참여할 자격조차 없게 돼 버렸다는 사실을 확인하게 된 것이다.

다른 때 같았으면 분명 그는 헬러가 못된 짓을 하면 즉시 보복했을 텐데,

이번엔 그렇게 잘하던 욕조차 입 밖에 내지 않았다. 그가 무슨 욕을 할 수 있었겠는가? 밧줄공의 처사는 하나도 그른 것이 없었다. 그가 나이 먹은 사나이로서 그만한 품격을 지니고 있었다면, 그 누구도 감히 그를 그렇게 〈별〉 주점에서 쫓아낼 수 없었을 것이다. 그는 끝장난 인간, 무용지물이 되고 만 것이다.

그는 이제 헤아릴 필요조차 없는 공허한 나날을 거치면서 자신이 걸어가야 할 좁다랗고 곧게 뻗은 길, 즉 죽음을 향한 길을 눈앞에 바라보고 있었다. 모든 게 이미 못 박아 놓은 것처럼 요지부동이 되고 말았다. 모든 게 엄격한 규약으로 당연히 그렇게밖에 될 수 없었던 것처럼 되고 말았다. 이 상황에서는 결산 보고서나 서류를 위조해서 주식회사로 전환함으로써 바라던 대로 파산과 감옥행을 모면하고, 다시 삶의 광장으로 무사히 돌아올 가능성은 전혀 없었다. 공장주가 여러 가지 상황과 생활 환경에 대처할 방법을 알고 있었다 하더라도, 지금의 상태로는 대안을 마련하고 그것을 실행에 옮길 수 있는 기력이 그에게는 남아 있지 않았다.

마음씨 착한 핑켄바인이 종종 그에게 격려의 말을 던져 주기도 하고, 친절하게 그의 어깨를 두드리면서 부드러운 위로의 미소를 지어 주기도 했다.

"보시오, 상업 고문관, 너무 그렇게 책에만 매달려 있지 말아요. 그렇지 않아도 당신은 똑똑한 사람이에요. 그 많은 똑똑한 부자들이 그 당시 사기를 친 건 아니겠지? — 그렇게 투덜대지 말아요. 백만장자 씨, 내 말 나쁜 의미로 받아들이지 말아요. 재미있자고 하는 얘기니까. — 거룩한 자여, 당신 침구 위에 있는 성경 구절을 생각해 보시오."

이렇게 말하면서 핑켄바인은 신부와 같은 근엄한 얼굴로 은총이라도 내리듯 두 팔을 벌리며 엄숙하게 말했다.

"아이들아, 너희들은 서로 사랑하라!"

"들어 봐요, 우리 이제부터 저축을 시작하는 거예요. 그래서 돈을 많이 모으면 시에서 이 낡은 양로원을 사들인 다음에 저 간판을 내다 걸고, 옛날의 그 〈태양〉 문을 다시 열자고요. 녹슨 기계에 기름을 붓자고요. 어떻게 생각하쇼?"

"우리한테 오천 마르크만 생긴다면 ─ "

휘플린이 계산하기 시작했다. 하지만 나머지 사람들은 웃음을 터뜨렸다. 그러자 그는 얘기를 중단하고 한숨을 내쉬고, 예의 그 우울하고 멍청한 상태로 되돌아갔다.

언제부터인가 그에게는 이상한 버릇이 한 가지 생겼다. 그는 날마다 빠른 걸음으로 방 안을 이리저리 왔다 갔다 하면서 때로는 화난 표정을 짓기도 하고, 때로는 불안한 표정을 짓다가도, 돌연 음험하게 누군가를 노리는 동작을 하기도 했다. 그 밖에는 그가 누구에게도 방해되는 짓은 하지 않았다. 홀드리아는 종종 그러한 그의 보조를 맞춰 주곤 했다. 휘플린이 한참 방 안을 서성거리면 그도 똑같은 걸음걸이로 그의 뒤를 따랐고, 악령에 계속 쫓기는 듯 휘플린이 불안한 눈초리를 보이거나 초조한 몸짓을 하며 한숨을 쉬면, 핑켄바인은 그때마다 적당히 보조를 맞춰 줬다. 휘플린이 그간의 인생 무대에서 행복과 불행을 번갈아 연기하면서, 사기꾼 역할을 사랑했다면, 그는 지금 죄의 대가로 비극적인 종말을 익살스러운 제스처로 연기하지 않으면 안 될 숙명에 처하게 된 것이다.

그는 정상적인 궤도를 벗어난 곡예를 연출하고 있었다. 요즘 들어 낮에도 몇 번씩이나 침대 밑으로 기어들어 가 낡은 간판 〈태양〉을 꺼내 들고, 그걸 애지중지 신주 모시듯 했다. 그것을 성물처럼 근엄하게 가슴에 품어 보는가 하면, 때로는 그것을 앞에다 세워 놓고 황홀한 눈길로 바라보기도 했다. 어떤 때는 화가 난 듯이 그것을 주먹으로 세차게 두드려 대다가 이내 조심스럽게 그것을 어루만지면서 제자리에 갖다 놓았다. 이렇듯 그가 괴이한 짓을 하기 시작하면서부터 태양족과 그나마 알량하게 지속되던 교류도 완전히 끊어지고 말았다. 심지어 친구인 홀드리아마저도 그를 완전히 바보 취급을 했다. 밧줄공은 숫제 노골적으로 경멸에 찬 눈으로 그를 한껏 희롱하고 업신여겼다. 그러다 휘를린이 아무런 반응이 없으면 화를 내기까지 했다.

한번은 그가 휘를린의 〈태양〉을 몰래 꺼내서 다른 방에다 숨겨 둔 적이 있었다. 휘를린은 예의 그 자리에서 그것을 꺼내려 했으나 그것이 없어졌음을 알게 되자 미친 듯이 온 집 안을 뒤지기 시작했다. 한 번 찾아본 곳을 다시 뒤지기도 하면서 이리저리 날뛰다가 끝내 그것을 찾아내지 못하자, 그는 온 집안사람들을 하나하나 차례로 추궁하기 시작했다. 편물공도 심문 대상에서 제외되지는 못했다. 그는 고래고래 소리를 지르며 닥치는 대로 마구 주먹을 날렸으나, 그의 목소리는 예전처럼 우렁차지도 않았고, 주먹 또한 허공을 선회할 뿐이었다. 이것저것 소용이 없자 그는 식탁 옆 의자에 주저앉아 얼굴을 양손에 파묻고 꺼이꺼이 울어 댔다. 그의 울음은 그렇게 삼십 분가량 계속됐다. 이 모습을 측은하게 지켜보고 있던 핑켄바인이 결국 울분을 터뜨렸다. 그는 질겁하는 밧줄공에게 주먹을 한번 세차게 휘두르고 나서 감춰 둔 보물을 당장 내주라고 호령했다.

공장주는 원래 강인한 생명력을 지녔기 때문에, 그렇게 백발이 성성한 나이에도 아직 얼마든지 더 오래 살 수 있었다. 그러나 그의 내부에서 끊임없이 날뛰던 죽음의 의지가 끝내 그 탈출구를 찾아냈다. 어느 십이월 밤이었다. 이 노인은 잠 한숨 이루지 못한 채 침대에 그대로 앉아 이것저것 황량한 생각에 잠겨 있었다. 어슴푸레한 벽 위쪽을 멍하니 쳐다보고 있던 그의 모습은 그 어느 때보다 쓸쓸해 보였다. 권태와 불안과 절망감을 이기지 못한 채 그는 마침내 자리에서 일어섰다. 딱히 무엇을 하겠다는 생각이 있었던 것도 아니었다. 삼베 허리띠를 풀어 그것을 문고리에 동여매고 조용히 목을 매달았다. 다음 날 아침 그를 제일 먼저 발견한 사람은 홀드리아였다. 반편이의 외마디 비명을 듣고 원장이 달려왔다. 휘틀린의 얼굴은 그 색깔만 푸르스름하게 변했을 뿐, 그 밖에는 거의 평소 모습을 그대로 지니고 있었다.

그의 죽음은 그곳 사람들에게 적지 않은 두려움과 경악을 불러일으켰으나, 그것도 잠시뿐이었다. 반편이만 커피포트에다 대고 나직이 훌쩍거렸을 뿐, 다른 사람들은 모두가 이 공장주의 최후가 적당한 때에 온 것이라는 생각을 하던 터라 별달리 슬퍼하거나 노여워하는 기색을 보이지 않았다. 그러고 보면 그를 좋아했던 사람은 한 명도 없었던 것 같았다.

핑켄바인이 네 번째로 이곳 양로원에 들어올 무렵, 항간에는 불평의 소리가 나돌았다. 그 내막인즉, 건립된 지 얼마 되지도 않은 양로원이 불공평하게 사람을 서둘러 받아들인다는 것이다. 이제 이 잉여 인간 중 한 사람이 사라졌다. 구빈원 재원자들이 대체로 신기하게도 건강을 유지하며 고령에 이르기까지 사는 것이 사실이라면, 결원은 드물게 생기지만, 일단 결원이 한번 생기면 그 결원은 꼬리를 물게 마련이다. 이러한 현상이 바로 이곳에서도 일어나고 있었다. 겨우 꽃을 피우려고 하는 룸펜 집단에 결원이 하나 생기더니 계속 그 수가 늘어나기 시작했다.

우선 공장주에 대한 기억은 사라진 것 같았다. 모든 일상은 예나 다름없었다. 루카스 헬러는 핑켄바인이 허용하는 한 한껏 큰소리치면서 빈번히 편물공을 괴롭혀 댔다. 그는 사소한 일거리마저 홀드리아에게 내맡기는데, 후자가 두말없이 그 짐을 맡으면, 더없이 행복해하고 즐거워했다. 태양족 중에서 가장 고참이 된 그에게는 하루의 생활이 더없이 즐겁기만 했다. 그는 지금까지 살아오면서 한 번도 그렇게 자신의 주변과 자기 위상에 대해 만족해 본 적이 없었다. 이렇듯 편안하고 안일한 삶을 살면서 그는 한껏 기지개를 펴고 게으름을 피우는 가운데, 자기가 이 집단이나 이 드시에서, 나아가서는 전 세계에서 중추적인 역할을 담당하고 있는 존재라고 생각하게 되었다.

한편 핑켄바인은 그와 경우가 좀 달랐다. 그가 처음 상상했던 태양족의 생활은 꽤나 화려하고 근사한 것이었으나, 막상 자신이 태양족이 되어 그 현실을 경험해 보니 상상과는 전혀 달랐다. 그렇기는 하지만 그의 겉모습은 예나 다름없이 탕아요, 익살꾼이었다. 편안한 잠자리와 따뜻한 난로 그리고 풍성한 음식을 즐기며, 이곳 생활에 부족한 것이 하나도 없어 보였다. 그는 여전히 남의 눈을 피해 시내로 나들이를 다녔는데, 돌아올 때마다 그의 주머니에는 언제나 소주 몇 잔을 마실 수 있고 담배 몇 개비 정도는 사 피울 수 있는 동전이 몇 푼 들어 있었다. 이 돈을 그는 언제나 인색함 없이 밧줄공과 함께 썼다. 그는 여가 선용도 심심치 않게 잘했다. 어디를 가나 그에게는 다 낯익은 얼굴들이었고, 만나는 사람마다 그에 대해 호감을 갖고 있었기 때문에, 그는 어느 도시 입구에서나 상점 문 앞에서, 다리나 계단에서 그리고 짐마차 옆이나 손수레 옆에서 매번 만나는 사람마다 함께 어울려 담소를 나누곤 했다.

그런데도 그의 마음속은 그리 편치 않았다. 헬러나 홀드리아는 비록 매일 얼굴을 마주 대하는 동료이지만, 그에게 진정 유익한 존재들은 아니었다. 게다가 이 단조로운 양로원의 일상, 이를테면 아침에 일어나서 식사하고 일하고 다시 잠자리에 들면 하루가 지나는, 이 불변의 시간이 그의 숨통을 꽉꽉 조여 댔다. 이러한 생활은 그에게 너무 과분하고 편안했다. 그는 굶기도 하고, 때로는 배불리 먹기도 하고, 어떤 날은 거적때기에서, 어떤 날은 짚단 위에서 자면서, 욕도 얻어먹고, 칭찬도 받으면서 사는 것이 일상화되어 있었다. 그런가 하면 그는 어디고 마음 내키는 대로 떠돌아다니고, 경찰을 무서워하고, 골방에서 소소한 일을 꾀하기도 하고, 툭탁거리며 싸움질도 하면서 매일 희망에 차서 그 어떤 새로운 것을 찾아 나서는 것이 몸에 밴 자였다. 이러한 자유와 가난과 활동성과 끊임없는 긴장을 이곳 양로원에서는 전혀 찾아볼 수 없었다. 그는 양로원에 들어오는 것이 최선의 길이 아니라, 일생을 두고 우울한 삶을 살게 되는 길이라는 사실, 즉 자신이 어리석은 선택을 했다는 것을 곧 깨달았다.

물론 이런 점에서 보면 핑켄바인은 자살한 공장주와 크게 다르지 않으나 한편으로는 그와 완전히 대조를 이룬다. 무엇보다도 그는 공장주처럼 목을 매달지 않았을 뿐 아니라, 그와 같이 허망한 들판을 슬픔과 노여움에 차서 끊임없이 헤매 다니지도 않았다. 오히려 그는 용기를 잃지 않고, 가능하면 내일을 잊은 채 그날그날을 태평스럽게 시시덕거리며 살아가는 위인이었다. 그는 편물공과 반편이, 밧줄공 헬러 그리고 살찐 참새와 그 밖에 모든 주변으로부터 가능하면 밝은 부분을 받아들이면서 살아가는 위인이었다. 이러한 그의 생활 태도는 그 자신만 아니라 온 집 안에 밝은 빛을 던져 줬다. 이 양로원의 일상은 그 덕분에 자유롭고 명랑한 분위기가 조성됐다. 그가 없었더라면 이곳의 분위기는 항상 어두울 수밖에 없었을 것이다. 착한 홀드리아는 물론이려니와 자우벌레나 헬러는 결코 그들 자신의 힘으로는 이렇듯 단조로운 나날들을 유쾌하게 만들 수 있는 재주를 지니지 못한 사람들이었다.

그렇게 하루가 지나가고 일주일이 지나가고, 그럭저럭 세월이 흘러갔다. 원장이 무리하게 일하고 양로원 일에 신경을 쓰느라고 점차 말라 가는 한편, 밧줄공은 싸구려 행복을 게걸스럽게 즐기려 들었고, 핑켄바인은 주위 분위기에 신경 쓰는 일 없이 천하태평인 것처럼 보였다. 그런가 하면 홀드리아는 누구에게나 환영을 받는 가운데 영원한 태평세월을 구가하며 날이 갈수록 식욕이 늘고 피둥피둥 살이 쪄 갔다.

이야기가 이러한 희극으로 끝이 났으면 좋았으련만, 이토록 비옥한 평화의 땅에 죽은 저 공장주의 메마른 영혼이 떠돌기 시작했다. 결원은 꼬리를 물게 마련이다.

이월의 어느 수요일이었다. 이날 아침도 루카스 헬러는 다른 날과 마찬가지로 장작 창고에서 충동적으로 부지런을 떨고 나서 땀을 닦으며 문 밑에서 쉬고 있었다. 그런데 이때 기침이 나오면서 머리가 아프기 시작했다. 점심 식사는 보통 때의 반도 들지 못한 채 오후에는 난롯가에 앉아서 연신 기침하며 공연히 신경질을 부리고 욕지거리를 퍼붓던 그는 저녁 여덟 시도 채 넘기 전에 일찌감치 잠자리에 들었다. 그다음 날 아침엔 의사가 다녀갔다. 이날은 점심을 한 술도 들지 못한 채 얼마 뒤 온몸에 신열마저 일었다. 그리고 밤에는 핑켄바인과 원장이 교대로 그를 보살펴야 했다. 그 이튿날, 드디어 밧줄공도 세상을 뜨고 말았다. 이렇게 해서 시 당국은 또 한 사람의 식객을 덜어 냈다.

삼월 들어 날씨는 전례 없이 초여름 날의 따사로운 감촉을 느끼게 했고, 꽃들은 봉오리를 열고 초목들은 물이 오르기 시작했다. 커다란 산들과 길가의 조그만 무덤들은 싱그러운 초록으로 단장하고 있었다. 거리에는 언제 나타났는지 닭과 오리와 젊은 직공들이 즐겁게 노닐었고, 창공에는 크고 작은 새들이 화려한 윤무를 펼치고 있었다.

  날이 갈수록 쓸쓸하고 조용해지는 양로원의 분위기가 핑켄바인에게는 점점 더 답답하고, 불안하게 느껴졌다. 두 사람의 죽음은 그에게 심각한 문제를 제기했다. 그는 자기가 침몰하는 배 위에 혼자 살아남은 최후의 한 사람처럼 생각되었다. 최근에 와서 그는 하루에도 몇 번씩 창가로 가서 따뜻하고 아늑한 봄날의 푸른 정경을 내다보며 봄의 향기를 음미하곤 했다. 그의 사지는 좀이 쑤시기 시작했으며, 가슴속에는 찬란한 봄의 햇빛이 스며들었는지 얼마 남지 않은 젊음이 약동하기 시작했다. 그의 생각은 자꾸만 옛날로 돌아가고 있었다.

  어느 날 그는 시내에서 돌아오는 길에 잎담배 한 줌과 새로운 소식을 들고 왔다. 그뿐 아니라 조그만 보자기도 하나 들고 왔는데, 이 낡고 해진 보자기 속에는 빠닥빠닥한 새 종이 두 장이 들어 있었다. 이 종이에는 장식체 글씨가 적혀 있는가 하면, 푸른 색깔의 거창한 관인도 찍혀 있었다. 그러나 이 서류는 시청에서 가져온 것이 아니었다. 그렇게 노련하고 유들유들한 떠돌이 좀도둑이 어찌 그만한 정도의 날렵한 기술도 익히지 못했겠는가! 그는 깨끗하게 정서한 서류에다 낡은 도장, 새 도장 할 것 없이 아무것이나 마음 내키는 대로 찍어 낼 수 있는 재주를 지닌 자였다. 이런 재주는 아무나 지닐 수 있는 것이 아니다. 이런 재주는 적어도 섬세한 손을 지닌 자가 많은 훈련을 통해서 습득할 수 있는 재주이다. 서류 위조 과정을 살펴보면 흥미롭다. 신선한 달걀의 얇은 속껍질을 찢어지지 않게 잘 벗기고, 그것을 펴서 낡은 거주 증명서나 여권의 직인으로부터 압형을 뜬 다음, 그 축축한 껍질을 다시 깨끗하게 떼어 내서 새 서류에다 기술적으로 옮겨 놓는 것이다.

  이렇게 해서 어느 날 슈테판 핑켄바인은 이 도시, 이 지역에서 소리 없이 종적을 감추고 말았다. 낡은 털모자를 유일한 기념물로 남겨 둔 채 그는 길고 빳빳한 중절모를 눌러쓰고 방랑길에 오른 것이다. 시 당국에서는 소극적이나마 그의 행방을 수소문했다. 그러나 그가 떠난 지 얼마 안 돼 항간에 떠도는 소문에 의하면 그는 가까운 이웃 지방의 모 여인숙에 투숙하고 있는데, 무척 행복해 보였다고 한다. 당국에서는 그러한 그를 애써 다시 데려오지 않았다. 떠도는 소문대로 어쩌면 진정 행복할는지도 모를 그의 인생을 방해하면서까지 공연히 그를 잡아들여 시 금고를 축낼 필요가 없다고 생각한 것 같았다. 그러니까 시 당국은 더 이상 멀리 그를 찾아 나서지 않기로 현명한 결정을 내린 셈이었다. 놓친 새는 가고 싶은 곳으로 한껏 날아가게 내버려 두는 것이 상책이니까. 한 달 보름가량 지나서 핑켄바인으로부터 바이에른의 소인이 찍힌 엽서가 한 장 날아왔다. 편물공에게 보낸 엽서였다.

　　존경하는 자우벌레 씨, 나는 바이에른에 와 있습니다. 이곳은 그곳보다 날씨가 훨씬 더 차군요. 홀드리아와 그 친구의 참새를 데리고 나가서 돈을 벌어 보세요. 그러면 우리 함께 여행도 할 수 있고, 죽은 휘를린의 간판도 다시 내다 걸 수 있을 겁니다. 당신의 다정한 첨탑 도금공 슈테판 핑켄바인으로부터.

　헬러가 죽고 핑켄바인이 떠난 지도 어언 십오 년기 흘렀다. 홀드리아는 옛 〈태양〉에 살면서 여전히 살이 오르고 뺨이 붉었다. 처음 얼마 동안 그는 혼자 남아 있었다. 한동안 이 양로원을 지망하는 자들이 뜸했기 때문이다. 공장주의 끔찍한 죽음과 밧줄공의 때 이른 죽음 그리고 핑켄바인의 도주, 이러한 것들이 세간에 악소문을 불러일으켰고, 반 년가량 이 집을 흉가로 만들어

버렸다. 그 후 궁핍과 게으름을 이겨 내지 못한 사람들이 이곳 옛 〈태양〉으로 여럿 몰려들기 시작하면서 홀드리아는 더 이상 이곳에 혼자 쪼그리고 있지 않아도 되었다. 해괴하고 지겨운 동료들이 들어와서 같이 식사하고 죽어 가는 모습을 보면서, 그는 어느덧 원장을 제외한 이곳 일곱 동료들 중에서 가장 연장자가 되었다. 햇볕이 따사하고 아늑한 날이면 요즈음도 종종 이들이 모두 나와 그 길섶의 잔디밭에 웅크리고 앉아 있는 모습을 볼 수 있다. 이들은 하나같이 초췌한 몰골로 담배꽁초를 빨부리에 끼워 문 채 계곡의 중간 지점에서 번창해 가는 도시를 초점 잃은 시선으로 내려다보고 있다.

작품 해설

미학자요, 문학 비평가인 루카치는 호머의 서사시 『일리아드 오디세이아』의 세계를 인간이 이상적인 삶을 구가하던 세계라고 말한다. 호머는 인간과 올림포스의 열두 신(자연)이 소통함으로써 인간과 자연이 하나의 통일을 이룬 세계를 이 서사시에 담고 있다. 루카치에 의하면 호머 이후의 문학(소설)은 모두가 이 잃어버린 낙원(고향)을 찾아가는 과정을 형상화하고 있다. 이 잃어버린 낙원을 명시적으로 그린 존 밀턴이 『실낙원』을 노래, 아니 한탄한 지도 어언 반세기가 가까워 온다.

  헤르만 헤세의 작품도 — 특히 초기 작품의 경우 — 잃어버린 낙원, 잊힌 고향을 찾아 나서거나 그리워하는 마음, 즉 향수가 주요 모티프를 이룬다. 하지만 헤세의 작품은 밀턴의 작품처럼 인간의 타락이 적나라하게 묘사된, 공포와 전율이 흐르는 유화가 아니라 맑은 하늘과 잔잔한 바다, 푸른 초원과 산들바람 그리고 별이 빛나는 밤을 노래한 수채화다. (헤세의 이러한 정서는 그가 수채화를 즐겨 그리고 수채화 개인전을 열기도 했다는 데서도 드러난다.) 그래서 어떤 이는 헤세의 작품이 인상주의 화가들의 그림을 떠올린다고 말한다.

  헤세의 초기 작품에서는 대체로, 성장하여 완숙 단계에 이른 서사적 자아가 자신(내지 3인칭 주인공)의 입을 통해 유소년과 청년 시절을 회상하고 있다. 헤세 연구가들은 헤세가 이 이야기들의 소재 대부분을 자신의 과거에서 끄집어 오고 있다고 말한다. 초기 작품 대부분이 — 그리고 후기 작품의 일정 부분이 — 작가의 자전적 성향을 띠고 있다는 말이다. 이를테면 헤세 사후 1982년에 출간된 단편집 『이 세상 Diesseits』만 하더라도 총 여덟 편 중 다섯 편이 일인칭 소설 형식을 취하고 있다는 점과 「늙은 태양 아래서」를 제외한 나머지 일곱 작품이 모두 과거의 어린 시절 내지 젊은 시절에 대한 회상으로 채워져 있다는 사실이 이를 방증한다. 이 밖에도 단편집 『이 세상』에 수록된 작품들은 양로원 노인들, 이른바 '태양족'의 황혼을 그린 위 작품과 유년 시절을 회상하「유년 시절」을 제외하면 모두가 젊은이들의 사랑이 큰 주제를 이루는데, 이 사랑은 거의 예외 없이 첫사랑 내지 짝사랑, 즉 이루어지지 못한 사랑을 노래하고 있다. 어린 시절 짝사랑에 실패한 나머지 자살을 시도했던 헤세의 체험이 용해되어 있음을 부인할 수 없다.

   짝사랑 내지 첫사랑은 애달픔과 아쉬움을 남기지만, 결코 비극적인 여운을 담고 있지는 않다. 그래서 우리는 짝사랑 내지 첫사랑을 어두운 기억으로 떠올리기보다는 오히려 (나만이 간직한, 아니 간직하고 싶은) 아름다운 추억으로 떠올린다. 헤세의 단편들 2 『대리석 공장』에 등장하는 젊은이들의 짝사랑 내지 첫사랑도 대체로 이러한 추억의 편린들이다. 그 밖에 「가을 도보 여행」과 「대리석 공장」도 첫사랑의 추억에서 이야기를 풀어낸다. 전자는 첫사랑의 여인을 찾아 길고 고독한 도보 여행길에 오르는 한 의사의 이야기를 담고 있으며, 후자는 첫사랑의 여자가 가부장적 아버지가 정해 준 남자 때문에 이루지 못할 사랑을 죽음으로 마감하는 이야기를 담고 있다.

   이상 두 편의 작품은 이루지 못한 사랑, 잃어버린 사랑에 대한 회상을 펼쳐 놓은 풍경화다. 이루지 못한 사랑은 그리움과 아쉬움을 남긴다. 헤세는 이들 작품에서 고향에 대한 그리움을 잃어버린 사랑에 대한 그리움으로 치환하고 있다. 헤세가 이들 작품에서 사랑 이야기와 더불어 고향의 자연 묘사에 공을 들이는 이유도 여기에 있다. 「대리석 공장」에서 작가는 주인공의 귀를 통해 생동하는 자연의 소리를 듣는다.

"이 여름의 소리! 이 소리를 들으면 즐거운 기분이 드는가 하면 때론 슬퍼지기도 한다. 나는 이 소리를 무척이나 좋아한다. 이 소리는 매미 소리를 두고 하는 말이다. 자정에 이르도록 끊임없이 계속되는 매미 소리를 듣고 있노라면 바다를 바라볼 때처럼 완전히 몰아지경에 빠져든다. 물결치는 이삭들의 풍요한 마찰음, 계속 잠복해 있으면서 나직하게 울려 대는 천둥소리, 저녁이면 왱왱거리는 모기 소리, 멀리서 들려오는 대장간의 모루 치는 소리, 밤이면 한층 더 강도를 높이는 포근한 바람 소리와 갑작스럽게 쏟아지는 열정적인 소나기, 이런 자연의 소리가 내 가슴을 울려 댔다."(42쪽)

세상을 '객관적으로 침착하게 관찰할 수' 있다고 착각한 스물네 살의 주인공이 결국 이성이 아닌 감성에 이끌려, 이루지 못할 사랑에 집착하거나 파고들려 함으로써 사랑하는 여인을 죽음의 길로 내모는 우를 범하지만, 그의 감성(어리석음)은 이렇듯 자연과 소통함으로써 그의 죄의식을 정화하고 보다 밝은 내일을 향한 징검다리를 놓는다. 헤세의 작품이 대체로 멜랑콜리한 분위기를 담고 있는데도 결코 어둡지 않고 밝은 내일을 예비하고 있음은 주인공들의 바로 이러한 자연 친화력 때문이다.

헤세의 작품은 이러한 자연 친화성뿐만 아니라 자연(고향)을 묘사하는 세

심한 필치에 담긴 성실성과 진정성으로 독자에게 신뢰감을 준다. 그의 작품의 주인공 내지 서사적 자아들은 '어린아이의 눈으로'(「유년 시절」) 자연을 살펴볼 때 비로소 '신의 선물이요, 신의 창조물인 대지'(「유년 시절」)를 올바로 파악할 수 있다고 말한다. 뿐만 아니라 그는 어린아이의 이러한 순수한 눈을 가질 수 있을 때, 신의 창조물인 대지(객체)와 더불어 그 속에 몸담고 있는 인간(주체)도 올바로 들여다볼 수 있다고 믿는다. 다시 말해, 이러한 눈을 통해서만 인간은 자기 자신을 인식하게 되고, 그렇게 함으로써 자기실현과 더불어 자기 극복에 도달할 수 있게 된다는 것이다. 그가 「유년 시절」의 서사적 자아를 통해 한 말, 즉 '그 길 위와 그 길가에서 내가 [유년 시절에] 경험하고 체험한 것들은 내가 훗날 여기저기 다닌 여행길에서 경험하고 체험한 것들의 총합보다 훨씬 더 큰 의미를 지닌다.'는 이 말은 바로 저 '순수의 눈'을 두고 한 말일 것이다. 이러한 헤세를 두고 앙드레 지드는 '자신을 떠나 자신의 본질을 파악하고, 자신을 드러내지 않고 자기 인식에 도달할 수 있는 능력을 지닌' 작가라고 말한다.

위에서 나는 헤세가 독자에게 신뢰감을 주는 이유를 그의 자연 묘사 필치의 성실성과 진정성에서 찾는다고 했다. 그뿐이 아니다. 그는 자연 묘사뿐만 아니라 인간 묘사에서도 성실성과 진정성을 보여 준다. 도스토옙스키의 인물들에게 우리가 공감하는 이유는 무엇보다도 그들의 마음속에 천사와 악마, 천재와 바보가 공존해 있기 때문이다. 다시 말해 그들이 '인간적인 너무나 인간적인' 속성을 지니고 있기 때문이다. 헤세의 단편들 2 『대리석 공장』에 등장하는 인물들도 대부분 전형적인 선인, 악인이 아니라 두 속성을 공유하고 있는 인간들이다. 「늙은 태양 아래서」에 등장하는 말썽꾸러기 노인들은 물론이고, 기타 작품의 인물들도 인간적인 약점을 지니고 있다. 예컨대 세상을 객관적으로 관찰할 수 있다고 자만하는 「대리석 공장」의 주인공 외에도 여타 작품의 주인공들도 인생의 '모범생'은 아니다. 심지어 「유년 시절」의 주인공 '나' 또한 어린 시절부터 아버지의 속을 꽤나 썩이고, 자주 어머니를 노심초사하게 만드는 어린아이다. 이렇듯 헤세는 — 자신의 분신이라고 할 수 있는 — 등장인물들의 치부도 적나라하게 까발림으로써 독자에게 신뢰감과 친근감을 안겨 준다.

헤세의 단편들 2 『대리석 공장』의 가장 마지막에 실린 작품 「늙은 태양 아래서」의 정서는 앞의 것과 확연히 다르다. 우선 여기에 등장하는 인물들은 주인공 카를 휘를린을 비롯해서 모두가 늙은이들 일색이다. 이들은 하나같이 삶을 잘못 산 인생의 낙오자들이다. 작가는 여기서 더 이상 자력으로 삶을 지탱할 수 없어 말년을 시립 양로원에 의탁할 수밖에 없는 사람들을 등장시키고 있다. 이들은 고향을 잃어버린, 아니 애초부터 고향이 없는 인간들이다. 따라서 이들은 '자신의 본질을 파악'할 능력이 결여된 자들이다. 작가는 삶의 의미를 오로지 오늘의 안일에서만 찾는 황혼 속의 군상을 이 작품에서 적나라하게 보여 준다. 조그만 일에 분노하고 질투하고, 자존심을 내걸며 서로 티격태격하는 주인공 휘를린과 그의 상대역 루카스 헬러의 일상은 보는 이로 하여금 때로는 (쓴)웃음을 자아내게도 하지만, 다른 한편으로는 측은지심을 불러일으키기도 한다.

헤르만 헤세는 85세라는 비교적 긴 세월을 살면서 많은 작품을 남겼다. 단편집 『이 세상』 외에도 『데미안』과 『싯다르타』를 비롯한 숱한 장편과 시를 집필한 그는 널리 알다시피 1946년에 노벨 문학상을 수상했고, 우리에게도 친숙하게 알려진 작가다. 독일 작가 중에서 헤세만큼 우리에게 친근감을 주는 작가도 드물 것 같다. 헤세의 이 친근감을 대체로 그의 인도(동양) 사상에서 찾는 이들이 많지만, 나는 무엇보다도 그의 감성적 언어에서 그 이유를 찾고 싶다. 페터 한트케가 말했듯이 그는 '이성적인 작가'임에 틀림없으나 그의 이 이성은 대상을 형상화하는 과정에서 감성과 대타협을 이룬다. 그는 논리를 이성의 언어가 아니라 감성의 언어로 풀어낸다는 말이다. 우리나라 독자가 읽어 내기 힘들어하는 『마의 산』의 작가 토마스 만이 헤세를 '가장 가깝고 가장 사랑하는 사람으로 선택'한 이유도 아마 이 점에서 찾을 수 있을 것 같다. 극과 극은 통한다고 하지 않는가.

헤세의 작품 중에서도 우리에게 가장 친숙한 작품은 『데미안』이다. 세상을 선과 악이라는 이분법의 잣대로 재단하는 기존의 통념을 깨고 양자의 공존을 인정할 때 비로소 갈등이 없는 새로운 세계가 열릴 수 있음을 역설하는, 데미안의 편지가 우리의 공감을 얻고 끊임없이 인구에 회자되는 이유도 바로 이 감성의 언어 때문일 것이다. '새는 알을 깨고 나온다. 알은 세계다. 태어나려고 하는 자는 한 세계를 파괴해야만 한다. 새는 신에게로 날아간다. 신의 이름은 아프락사스다.' 이 말을 이성의 언어로 읽으면 — 즉 논리로 풀면 — 영원한 신화일 수밖에 없다.

임호일 (동국대학교 명예교수)